永い旅立ちへの日々

永い旅立ちへの日々　目次

第一章　なぜ高い山に登るのか　――エベレストにて
なぜ高い山に登るのか　――命は連帯している　6
里山への移住　――ヒマラヤをあきらめて　12
第二章　日野春　――桃源の郷
終の棲家　14
里村の四季　18
日野春バーに想う　26
妻のアルツハイマー　36
妻が知った自然のよろこび　――豊かな循環の中で　46
草刈り　――便利な機具と石油　52
山梨の冬の気候　――世界は既に水不足　58

第三章　循環する宇宙

宇宙の大循環の理　――ウズと命　64
命に善いものは美しくみえる　――循環の無償の恵み　70
夜空と家の灯り　72
宇宙の広さ　――私の感覚　74
旧い脳と新しい脳の狭間で　――連帯の本能と愛　78
死後の空想　80

第四章　空から見た地球と生命環境

空から見た地球　84
地産地消　――循環社会と自由化　90
自由市場と欲望の自由　――貧富の差と環境の破壊　98
原発は事故がなければいいのか　108
自給自足に戻るのか　――想像による考え方　126

第五章　生きるということ

食べものは命　――命の掟　132
生きる喜び　138

なぜ勉強するのだろう――命と性の教育を含めて　144
性と羞恥心と恋と愛――男の立場から　148
自分で選んだ命ではなかった――裁くな赦せ　154
日常の食べもの――男子厨房に入るべからず　158

第六章　私の夢――ユニセフほか

ユニセフの子どもたちへの想い――草の根の支援はなぜ大切か　162
ユニセフと日本航空の絆――ユニセフ航空の夢と回想　170
スペシャルオリンピック聖火運び　180
夢みるこども基金――私の夢　186
忘れていた空への夢の実現――幸せだった飛行人生　190

第七章　テニスは心の故郷

テニスと身内　198
私のテニスの足跡　200
私の恩人と高校時代　202
コートキーパーのひと　204
優しかった鬼コーチ　206
高校の先生たち　208
大学体育会での私　210
テニスの練習の再開　214
運動の快感――血の循環の喜び　216

第八章　至福のとき　――　野生の熊さん、小鳥さんに遊んでもらう
熊さんに遊んでもらう　218
小鳥さんに遊んでもらう　226
カモさんに遊んでもらう　230
指にとまるヤマガラさん　232
岩ツバメの雛　――　孫娘との想い出　236
シジューカラの雛　240
村のツバメちゃん　242
ヒヨドリさんの餌さねだり　244
第九章　樹を植える
樹のこころを想う　246
カエデと天敵　252
竹の根　254
おわりに　――　子育ての困難さに想う（子どもたちへの詫びを含めて）　256

水と
みどり豊かな
美しい地球が
つづく世代の生きものたちに
残りますように

第一章　なぜ高い山に登るのか　――　エベレストにて

なぜ高い山に登るのか　――命は連帯している

以前、私が登りに行った頃のエベレスト山は、一シーズンに数隊しか登山の許可が下りなかったこともあって静かな山だった。当時は登山の方法も酸素ボンベを持たないで登るという、「本来の」山の登り方を好しとされ始めていた頃だ。

その時、私のほかの三人の隊員は三〇歳前後、計画ではみんな酸素ボンベを使わずに登る予定だが、五二歳という当時にしては常識はずれの年輩の私だけは、八一〇〇メートルの最終テントから頂上までの間のみ、酸素ボンベを使用してよいことになっていた。

私たちは準備を終えて日本を発って、ネパールの首都カトマンズに着き、途中の村からエベレストの麓の基地まで延々と歩き、苦労しながら高度を上げて最終テントまで登ってきた。

そして、さあ明日は頂上へという夜、私が酸素の流量を調整する器具をボンベに取り付けようとしたら、器具が壊れていてボンベは使えなかった。この高度まで酸素ボンベを使わずに登って来られたのだから、私はボンベがなくても頂上まで辿り着ける体力的な余裕があるとは思った。

しかし下りの斜面で滑ったら、疲れきった身体を止めるには登るときよりも大きな体力と技術を要するので、降りてくるのは全く覚束なかった。

その頃は未だ、若い人たちでも酸素ボンベを使用しないで頂上に立った人は、世界でも手の指で数える位しか居なかったのだ。

けれども私の本能は、頂上に登れたら帰って来られなくてもいいではないか、とささやいていた。登って行ったきりの世界と、降りて来た世界とどちらが素敵だったのだろう。

この女神的誘惑は強烈であり、多くの山人が誘惑から逃れられず、降りてくる時に命を絶っていた。私の仲間も二年前、せっかく登頂したのに下りで落ちて死んでいた。

私たちの隊では自分の行動や登り続けるかどうかは、隊長ではなく各自の判断に任されていたので迷いにまよったが、最終的に私は断念したのだった。

夜中に頂上に向かう隊員を送り出したら、「もう登らないですむ……」ということや、約八〇〇〇メートルの最終テントに独り残って、他に気を遣う人も居ないことが心の緊張を解いたのか、私は久しぶりに気持ちよく寝入ってしまった。

つい一〇日ほど前、最終キャンプ地まで独りで登ってくる力がなければ、頂上へ登らせることはできないと隊長に言われ、ここに独りで登って来たときは怖かった。何だか別の惑星にいるようで心細かった。しかし二度目の今は慣れて留守番の気分である。

朝起きてテントから外にでたら、低い山での朝のような爽やかな気持ちがして、何で私も登っていかなかったのだろう、と損をした気がした。

殆ど寒さを感じない。友人のスキーウェアの社長が、私が凍死しないようにと心配して作ってくれた羽毛服のお陰である。彼の顔が浮かぶ。有り難う。彼は、私に怪我をさせてまで、私のエベレスト行きを止めさせようとしたのだった。

私は何だか退屈した気持ちになり、隊員たちの姿を見ようと思って外にでた。体の調子がとても良かったので、せっかく来たのだからもう少し高いところまで登りたくなって、エベレストの向かいの山のローツェの斜面を一〇〇メートルばかり登り、縞模様の入った石に腰を掛けて、遠くの斜面に小さく点に見える隊員たちを眺めていた。

もう来ることはないだろう……。この場所がボンベを使わず登った私の、地球上での最高地点になった。そして、向こうのエベレストの斜面を眺めていたら、こんな高いところに、独りポツンと座っている自分が何とも滑稽に思えてきた。

「何でこんな高い山に登ってきたのだろう……?」

私は飛行機乗りだから、空から地球を眺めたり、夜間飛行では夜空の星を見上げながら飛ぶので、自然に宇宙のことや地球のこと、命が地球上に増えていったことなど、考えている時間が多くなる。操縦席で考えていたことをこんな高いところで思い出していたら、命がなぜ高い山に登って行くのか、その理由に行き着いた気がした。

私の考えた理由は簡単だった。「命たちは、連帯しながら生命圏を広げようとする本能を持っている。その本能のささやきに導かれて高い山に登るのだ。」

数一〇億年も昔、地球に命という不思議なものが合成されて以来、一つの命から分裂し始めた命たちは、繁栄していくために互いに協調し合って海の中から地上へと、異なった環境に合うように種として別れ、夫々役目を分担しながら海の底、地の底から高い山の上まで、地球の隅々に生きる場所を求めて増えていったのだろう。私たち現代人を含めて、命はみな同じルーツを持つ兄弟姉妹なのだった。

今回のエベレスト登山で考えると、私たちがほかの生きものである食料を、生命の限界を超えたところに運び上げて食べて糞を出し、糞の中の微生物が糞を食べて生き延びる。そこに別の命が登って来て合流し、命の連鎖が始まり生命圏が広がっていく。

不思議なことに、こんな高い山の氷の中にも小さな虫が生きていた。何を食べて生きているのだろう。登りながらそれを見つけたときの愛おしさといったらない。

命への愛しさは、エベレストの氷の中から降りてきて、久し振りに緑の地帯に入ったときにはこと更強く感じられた。草や樹々を初め、ほかの生きものたちがこんなに懐かしく、私の心を慰め癒し休ませてくれることも初めて知った。山を降りてきて、多くの命たちに囲まれている幸せな気持ちは表現のしようもなかった。

命たちは小さな命から大きな命まで、本能を介して連帯し合っている……。「命の連帯」。人間を含むすべての命は絆で結ばれている。この連帯の感覚は、命が生きていく上に備わっている基本的な本能と考えると色々なことが見えてくる。

人間は新しい脳を発達させたために無機質に向かい、薄れてしまった命の連帯の本能を取り戻そうと悩む。その心の動きを、愛という言葉で表現しているのかも知れない。

命から疎外された高い山の氷の中に約二ヵ月を過ごし、日頃はほかの人たちや命に支えられて生きているのに気付かずにいた私にとって、生きものたちへの愛おしさを深く知覚できたことは、私の束の間の生涯に「回心」とも言える大きな喜びを与えてくれた。

私がエベレスト登山に漠然と求めていたのは、人間を含めた多くの「命との連帯の本能」、命の絆への郷愁だったと思う。

これは齢を重ねるにつれて、私の確信となっていった。

第4キャンプより、左エベレスト、右奥サウスコル8,000メートル

美しいが危険な
氷瀑の中で休憩

サウスコルにて、正面エベレスト

サウスコルは世界最高地点のゴミ捨て場だった

第3キャンプより、左エベレスト、右ローツェ

里山への移住 ―― ヒマラヤをあきらめて

エベレストに行った時から年月が経ち、私が七〇歳になろうという時にまたエベレストへの誘いがきた。今度は基地から頂上まで酸素をたっぷり吸わせてくれると言う。

近頃はエベレストへの登り方も変り、楽しく酸素を沢山吸いながら多くのシェルパさんたちに援けられて、兎に角頂上に登ろうという風であり、募集ツアーもあるらしく、以前に比べ入山料だけでも心が萎えてしまうほど高額になっていた。

エベレストの登山路も、難しいところには梯子が架かってロープも張ってあり、酸素をたっぷり吸わせてもらいながら登るのでは、友人の山の猛者に話すのは何だか恥ずかしい。しかし何しろ地球上で一番高い場所である。

私も地球に生まれ、生きものの本能として、「地球のテッペン」に一度は登っておかないと、何となく落ち着かない気もする。

それやこれやヒマラヤへの想いはなかなか捨てられなかったけれど、私にはエベレスト登山への後ろめたさも、心の中で大きくなっていた。

それは前回の登山の時、エベレスト基地への途中まで一緒に歩いて、重い荷物を運んでくれたポーターさんに支払った八日分のお金が、都会の夜の質素な酒場での一食分に満たない額だったことへの、どうしようもない空しさが残っていたのに加えて、千円もあれば下痢やジフテリヤなどの簡単な病気で死ななくて済む、多くの南の子どもたちの顔が、心の隅にあったからだ。

このように揺れる私の気持ちを知った妻が、「ヒマラヤの高い山に登るのを断念してくれるなら、以前から自然豊かな土地に移り住みたい、というあなたの希望を聞いてあげる」と言ってくれたのだ。循環豊かな里山での生活は私の大きな夢でもあったのだ。

夫が雪山に惹かれて登りに行くのを、心から喜んでくれる女性はめったに居ないだろうと思う。それに、私が山登りを始めたのが四六歳のときだったから、結婚のときに山男と一緒になったつもりではない妻にしてみれば、尚更の想いに違いない。

自分の心を持て余していた私は、都会から離れたがらなかった妻がそう言ってくれたのを幸いに、その言に従うことにし、ＪＲ中央線の日野春という名の、可愛らしい木造の駅にほど遠くない、森や生きものの命ゆたかな里村に引っ越した。

私はどこの旅行先でも思うのだが、駅に降りた時の印象が好ましいと、村に入る前から嬉しさと希望が膨らんでくる。

この駅には優しい眼差しをした駅員さんがいる。たまに乗り降りする時にこの駅員さんがいると心がほのぼのと温まり、私はあ〜良い所に引っ越してきたと思うのだ。

第二章　日野春 ―― 桃源の郷

終の棲家

私たちにとって「終の棲家」となった家は少し高台にあり、周りは小さな森と、やや見おろす田んぼに囲まれている。

正面の林や森の上には南アルプス連山の甲斐駒ヶ岳と、お地蔵さん岩が目立つ鳳凰三山が聳え、左手遠くには富士山が思ったより大きく見えている。後ろには八ヶ岳がきれいな裾を流しており、これらの山々が、みな居ながらにして家の窓から見えるのだ。

更に有り難いことに、後ろ庭は能舞台つきの可愛らしいお宮さんと地続きになっていて、文字どおり村の鎮守の神さまが、守って下さっている。

この村との縁は、方々を捜し回ったのち、私が泊まったひなびた温泉旅館の老夫婦との出会いにある。初対面の私の希望を聞いて自ら近所の土地を捜してくれながら、偶々紹介してくれた不動産の社長さんが、まだ整地中の売り出し前の土地を親切に奨めてくれたのだった。

人は大抵、自分は運が悪いと思っているようだが、例にもれず私も運が良い方だとは思わないで生きてきた。その私がこの土地に出会えたのは、山好きの私が懸命に捜したからであり、その結果には違いないけど、何という幸運だったことだろう。

しかし、このような環境が初めから揃っていたわけではなかった。富士山がよく見えるのは、移ってきたばかりの私たちが喜ぶようにと、隣の親切なお百姓さんが自らヒノキの下枝を落としてくれたからであり、甲斐駒ヶ岳が見えるのも隣の林の家人とその向こうの、これまた村のことで何でも相談にのってくれる、隣家の親切な配慮によるものだった。

山々が窓から見えるのをことのほか喜ぶ私を、村の人たちは「山を見たければ家の外に出ればいくらでも見えるよ」と言って冷やかす。

そう言いながらも、後ろのお宮さんに樹を植える時には、樹が大きくなって私の家の窓から八ヶ岳が見えなくならないように、植える場所や枝に心を配ってくれるのだった。

村には昔ながらの地域の消防分団があって、夜の九時ころになると「火の用心……」と、見回りの消防車がチリンチリンと鈴を鳴らしながら通って行く。夜回りの消防隊員たちに感謝しながら私は窓越しに頭を下げて、車の赤い点滅の光を見送るのだった。

見下ろす前の家の、後ろ窓から明かりが漏れている。家族そろっての幸せな団欒の夜であって欲しい。明日も穏やかで平和な日でありますように。

この美しい山々や田んぼや、村のこころ優しいお百姓さんたちと、豊かなみどりに囲まれての田園生活は、妻と私にとって現世の桃源の郷といえるだろう。桃源のその名のように、桃やぶどう酒がこの郷の特産品である。

晴れた気持ちのいい日、都会なら何処か景色の良い所に出かけようと思うのだろうが、今住んでいる場所がその何処かだから、私たち夫婦は家に居るだけでいい。

家から歩いて行ける日野春駅のひとつ隣には、歩くにはやや遠いが長坂という名の駅があり、村の役場や警察などの公共施設や日用品の店が並んでいる。

またその少し先には中央高速道の長坂インターチェンジがあって、家からは車で一〇分とかからない距離にある。正月やお盆休みのときでさえ、大都会近辺の混雑からは離れているので、事故やお祭りなどがない限りハイウェーでの渋滞を経験したことがない。

私たち夫婦が移り住むときに妻の友人が、私が妻をとんでもない山奥に連れて行く、と思ったらしく「その山奥に宅急便は届くのか、必要なものがあったら送ってあげる……」と言ってきた。私が以前、アラスカへの移住を本気で考えていたのを知っていて、移り住んだ先での妻の難儀を心配してのことらしい。有り難う、お友だち。

現実には、長坂インターチェンジのすぐ横に大きなスーパー店と園芸用ホームセンターが並んでいて、朝の開店一〇分前に車で家を出ると着くのが早すぎるくらいだ。

ベランダから、左に甲斐駒ヶ岳

みどりの中の、終の棲家

鳳凰三山、尖りは地蔵岩、ベランダから

富士山、部屋からの眺め

庭に遊ぶ、キジさん

お宮さん越しの八ヶ岳、妻の部屋から

里村の四季

里村で、移りゆく四季の美しさを前に、私は日本に生まれた幸せを想う。季節が巡り、新しい命の候が近くなると空が薄く霞みはじめ、水がぬるむ頃には梅の花が楚々と咲き、年によっては、ふた月近くも眼を楽しませてくれる。

梅の花に代わって、辛夷や桜や桃や梨の花が次々に咲くが、その期間は儚く短い。妻をつれて花見にドライブに忙しい季節である。路上には虫が這い出して走りにくい。

夫々の季に従って芽吹いていく樹々の葉を観ていると、つづく世代へ希望を託しながら交代していく命の愛おしさを、いずれ逝く身として私はどう表現したらいいのだろう。

空にはヒバリ薮にウグイスが啼き、村は桜の花の下での春祭りで賑やかさを取り戻す。この季節は、周りの山々にはまだ新しい雪が降るので、私には嬉しい眺めである。

山登りをしていた頃、白い雪山から降りてきたら麓には花が咲いていた、といった風景を私は好きだった。麓に移り住んだ今、その風景が居ながらにして在る。

「村の鎮守の神様の～今日は目出度いお祭り日～ドンドンひゃららドンひゃらら……」、裏のお宮さんで餅を撒いてのお祭りだ。故郷の風の便りが飛んでくるような、昔懐かしい和やかな日本を想い出させてくれる。

庭に来る小鳥たちも子育てで忙しくなり、南から帰って来たツバメたちが姿を見せるようになる。少し遅れて近くの森で、キビタキやオオルリの明るい囀りが聞こえ始める。

春は爛漫、桃の花が散る頃、都会では知らなかった色々な種類の山桜が咲いて、麓から山の上に登っていく。愛くるしく咲いて見飽きない。日本は桜の国といわれるが、爽やかな風が薫る中、妻も私も山の桜を観ることでそれを実感した。

数日の晴天を待っていたかのように、最後の芽吹きが爆発という言葉が似合うほど一斉に始まる。萌え出ずる淡いみどり、喜びの季節となる。命に善いものは美しい。

芽吹きの頃になると野山には虫が俄かに多くなるので、虫の好きな小鳥たちは庭の餌台のヒマワリの種には寄り付かなくなる。

架けた巣箱にも雛が生まれ、シジューカラの夫婦が餌さ運びに忙しい。見ていると一分もしないうちに帰って来て、また出て行く時には雛の糞をくわえていたりする。同じように子育てをした親として、とてもいじらしい。

空にはホトトギスが飛び交いカッコウも啼いている。カッコウが啼いたら霜が終わるので稲の苗造りを始める、と村のひとに聞いた。

そして周りの森や林が淡い緑一色になると田植えの候となり、今では機械で植えられる苗の整然とした緑の筋で田んぼが覆われると、アマガエルの大合唱が始まる。更に日差しも強くなり早や夏の暑さを覚える頃、風の匂いに草いきれを知覚してはっとする。

梅雨に入るころにはホタル。夕食後、暗くなって寛いでいると、隣のお百姓さんが来て握った拳を差し出した。何かと思ったら、私たち夫婦を喜ばせようと、捕まえたホタルを見せに来たのだ。嬉しい、有り難う。

移り住むまでは、ホタルという存在すら私はすっかり忘れていたのだった。暗くなったらすぐに電灯を点ける文明の生活が、自然との交わりを希薄にしてしまうのだろう。

この頃になると、あちこちでキジやコジュケイ親子の啼く声が聞こえてくる。家の庭に、まるで放し飼いの鶏のように、キジや親子連れのコジュケイが遊んでいく。狐やたぬきも遊んでいく。田園生活ならではの嬉しい風景である。キジやコジュケイがあの体で、林の中を巧みに枝を避けながら、あんなに遠くまで空を飛べるとは知らなかった。

巣立ったばかりの小鳥の雛が、羽根をふるわせて親のあとを追いかける姿が多くなる。しかし、巣立ち後一週間で親離れをさせられる子雀たちだけは、健気に助け合い群れをなして生きている。この嘴のまだ黄色い子雀たちを見ていると、親のないストリートチルドレンを想い出す。

八月初、稲穂が目立ち始めるが、草取りも暑さでひと休み、夏祭りも夜涼しくなってからの賑わいとなる。お宮さんの能舞台ではお稚児さんの奉納の舞いと、境内は子どもたちの相撲大会で賑わう。相撲は五穀の豊かな実りを願い、神に捧げる儀式としての「神事」

だということを、私はここに引っ越してから初めて知った。この村も例にもれず少子化が進み、お祭りに参加する子どもたちを集めるのに苦労している。

夏の日中はさすがに暑いけど、夕刻になると田んぼの上で冷やされた涼しい風が吹いてきて、風呂から上がってもすぐに汗が引いてくれるので快適である。

寝るときに窓を少し開けておけば、朝にはタオルケットを引っ張り上げたくなるほどの涼しさだ。この土地は海から離れた内陸にあり標高は六〜七〇〇メートル、盆地から一段と上がった高い台地にある。そのために夏でも高原の爽やかな気候なのだった。都会に住んでいた時、冷房機を取り付けず我慢して過ごしたので、ここは天国の気分である。

秋風が吹き、賑やかだった蝉たちの声も少なくなり、ものの哀れを想う。蝉は一〇年近くも他の命のために土を耕し続け、一週間、ただ子孫を残すために地上に出てくるのだ。

九月の終りから一〇月初旬にかけては恵みの秋の稲刈りとなる。稲穂の美しさは言いようがない。昔のひとたちが、自然の循環の理に逆らわずに作り出した美しさなのだろう。村のひとには忙しい日がつづく。

実りの秋の収穫が始まる頃、ツバメたちが育ったひなと一緒に、南の国への渡りに備えて上昇気流に乗る練習をする姿が目につくようになる。

子ツバメたちの体力も付き田んぼに水がなくなる頃、村の電線になん一〇羽一〇〇羽とツバメたちが勢ぞろいし、互いの絆を確かめ合うようなお喋りが始まる。そしてある日、飛び立ったあとの寂しさを村に残し、子どもを連れて南の国へ飛びたっていく。

毎年、小鳥の子育ての季節になると、巣立ちに失敗した小鳥の雛に出会うことが多い。今年もまた炎天下の路上に落ちて弱っていたツバメちゃんの雛を拾って、妻と一緒に育てて空に帰してあげたが、みんなと元気に飛んで行っただろうか。

この可愛らしい生きものたちの内、どれほどの命が南に辿り着くのだろう。また、どれくらいの数が生きて、来年帰ってくるのだろう。お喋りしていたツバメたちの、つぶらな眼を想い出す。

一〇月には小学校の校庭を借りて、村の運動会だ。老いも若きもと言いたいが、多くは昔なら家の中で隠居していたような人たちの集まりだ。

ゲートボールや何とかゴルフに球入れなど、走る競技は殆どない。夫々適当に参加し、適当に冷やかしお喋りしている風景は和やかである。競技というかお遊びは昼で終わり、午後は校庭にゴザを敷いて、運動会はカラオケ付きの飲み会に変わる。

運動会や路の掃除などの集まりの機会に、さらに皆が打ちとけるようだ。日頃でも路で出会えば笑顔で挨拶し立ち話もする。立ち話や集まりに参加していると、移り住んできた私たちでも数年もすれば、村の人たちの顔を自然に覚えてしまう。

しかし、歳のせいにはしたくないが名前まで覚えるのは中々困難である。最初のうちは運動会などの集まりの時に、写真を撮って名前を覚えようとしていたけれど、覚えた筈の名前が出会ったときにはでてこない。近頃は自然体で交わることにしている。

車で通りかかったときなど、会釈すると微笑みが返ってくるのも村に住んで知る嬉しさだ。幸せを願い合う人たちの中に命の心地よさがある。回覧板も相手が在宅なら手渡しすれば親しみも増す。挨拶や微笑みは「味方です。貴方の幸せを願っています」という心の表し方だと私は思っている。

しかし、懸念することもある。大人に声をかけられたら返事をしてはいけない、と今の子どもたちは教えられているらしいのだ。子どもたちが大きくなった頃、人の絆はどうなっているのだろう。他の人や命たちとの絆なくして生きる喜びがあるのだろうか、可哀想に想えてならない。

田舎での生活のことを、日常の行動まで「見張られている」と書かれた随筆を読んだことがあるが、それは連帯を拒否し警戒する心があるからではないか。

「見守られている」と相手の心を好意的に受けとる心であって欲しい。心にかける眼鏡を変えれば相手の心も風景も違って見えるし、険しい眼差しも優しく変わる。

都会に居て「隣は何をする人ぞ」、近所と行き来のないのは気楽だけど、独り誰からも、

「他の命からも見守られていない」、心の砂漠を想い出す。

都会で、消息が気になり電話をすると、「用もないのに電話をするな」と言われ疎遠になったこともある。ここでは「どうしてる？」と、電話をくれる人が居て嬉しくなる。

村に住んで分ったのは、お祭りや運動会が連帯の心を育む大切な場になっていることだ。都会にも祭りの復活があったらいいのではないか。独り暮らしや病気の時、大きな災害が起こった時、支え合って生きていくのに、人の連帯の心ほど心強いものはない。

大昔、たった一つから分かれた命が連帯しあって生き延びてきたのを改めて想う。都会で目に付く生きものは、人間が殆どだ。生きものが少なく、小川の流れや土などが少ない循環の乏しさが、都会の寂しさと人との絆の希薄さを招くのだろう。

村の行事も運動会で殆ど終り、一〇月初旬、山々ではウルシやナナカマドなど落葉樹の葉が色づき始め、紅の色を濃くしながら山の斜面をひと月余をかけて麓まで降りてくる。

山の斜面の高度によって紅葉の時期がずれるので、都会から間をおいて来る友人を含め、私たちの目を長いあいだ楽しませてくれるのは有り難い。庭のカエデ類が真っ赤になる頃には、遠くアジア大陸から寒波の追い風に乗って、ジョウビタキやツグミなど小鳥たちが渡ってき始める。そして山には初雪が降る。

餌さの少ない冬を小鳥たちが生きのび易いようにと、庭の餌台にヒマワリの種を置いてあげる。入れ替わり立ち代わり食べていく小さな命。見ていて飽きない。

この村の近くには、三〇分余り車で行けばスキー場もいくつか在り、子ども連れの家族で賑わっている。冬や春休みに遊びに来る孫を連れて行くには手ごろなスキー場だ。

そして年が明け、元旦には裏のお宮さんに皆が集い、礼拝で村の新しい一年が始まる。珍しく思ったのは、この村には皇居への遥拝が今も元旦に残っていることだ。

七〇年も昔、すっかり忘れていた小学校の頃の、校庭での皇居遥拝の風景に想いが飛んでいく。後になって知るほどに、戦前から戦後にかけての昭和天皇のご心中、まことに察して余りある。

そして戦後は遠くなった今、労わりあう素敵な夫婦の象徴のような、現在の天皇皇后のお二人に漂う微笑ましい雰囲気は、私にはまた、平和の象徴のように思われる。

時おり発せられるメッセージは、お二人で入念に考えられたものであることが、ありありと伝わってくる。人々の幸せへの思い遣りが中核をなしており、その心が文章の随所ににじみ出ていて、お二人の生きかたを想わせる。

私は、何ごとにも顔を寄せ合って相談されているお二人の姿と、運動もままならない日々のご苦労を思い浮かべながら、皇居に向かって皆と一緒に長久を祈るのだった。

日野春バーに想う

晴れて気持ちのいい夕方、ベランダで山の端に沈み行く夕陽を観ながら、妻と話しをするのが日課のようになった。私たち夫婦はこのベランダを「日野春バー」と呼んでいる。

村が合併したりして地名は変わっているが、私は今も駅名に残っている日野春という、昔ながらの長閑な呼び名が好きだ。

一日の汗を流した夕刻、このベランダで山々や森や田んぼを観ながら妻と飲むビールの味は実に美味しい。小鳥や虫の声が聞こえる素敵なビール苑である。その日の食べるものも儘ならない人たちのことを想うと気が引けるが、晩年のひと時を楽しんでいる。

このベランダでのお酒をことのほか気に入ってくれたお百姓さんがいたが、残念なことにガンが発見された数ヵ月後に急逝した。逝く前の日に妻と私の顔を見て「ゴメンネ……」と涙した。移り住んで郷の生活に慣れない私たち夫婦のために、日々優しく心を配ってくれた人だった。

私たち夫婦が飲ませ過ぎたからだ、と冷やかす村人もいるが、ひとにはお酒を呑みたい事情もあるから、冷やかしの言葉を私たち夫婦への「勲章」として嬉しく受けとめている。

永い歳月には色々な幸せ、或いは不幸せもあったろう。戦前戦中戦後、村の人たちはどんな日々を過ごしてきたのか。墓誌には幼い子や、若くして戦死した名前を多く見る。

ベランダから見上げる空には飛行機雲がいく筋も走っていて山の端に消えていく。私もあんな高いところを長年飛んでいたのかと思うと、不思議な気持ちがしてくる。伸びていく飛行機雲の先端には小さな点があり、見えないけれどその点の中には数百人もの人たちが乗って「うごめいて」いる。そこには徹夜や時差など昼夜の逆転と、早過ぎる移動の世界がある。

操縦士だった私が言うのも変だが、飛行機がなかったら今でも地球はもっと広く、多くの夢や秘密の場所が隠されていただろう。想い返すと私は数一〇年、およそ自然とかけ離れた不規則な生活をしてきたのだった。

思い立って朝は六時過ぎに起き、妻と体操を始めた。毎朝決まった時刻に起きるのは、地球のリズムに任せた生き方だから、体や脳には大切でとても善いことらしい。生きものは以来、地球のリズムに合わせ、数一〇億年をかけて創られてきたのだ。規則正しい生活が幸せを招きやすいはそのためだろう。

最近知ったことだが、一定のリズムが自律神経の中の副交感神経の割合を増やし、心を穏やかにするという。禅などの深呼吸も同じ作用らしい。規則正しい生活の中、夜もゆっくり眠れるのは、生きものとして何とまあ幸せなことだ。私も飛行機を降りてから生活がリズムに乗ってきた。

朝おなじ時刻に眼を覚ますと、四季折々明るくなる時刻が変わるので、太陽にたいする地球の傾きが頭に投影される。それはベランダで夕陽を見るときも同じであり、陽が沈む山の端の位置が日々移動することに、月日の移ろいを知る。

私が今座っているこの場所で、数千年或いは万年の昔、同じように山々や星空を眺めていた人たちのことを想う。どんなことを考えていたのだろう。どんな夢を描きどんな希望を後世に託したのだったろう。私たちはどんな地球を残して逝くのだろう。

私はベランダに憩う度に、悠久の時の流れに身を任せるという、こんな贅沢な生活をしてもいいのだろうか、といつも思う。自然をゆっくり眺める時間があるのは、贅沢なことになってしまったのか。

生きものにとって命の大元は太陽と水とみどりだが、加えてもう一つ、食べものを自ら育てない生活をしている私は、お百姓さんが作ってくれる土の存在を考えに入れるとき、土を介して人間とほかの命との係わりが少し理解できるような気がする。これは都会に住んでいた時には感じなかったことだ。

お百姓さんたちが周りの田畑で黙々と働いているのを見ていると、食べるものを自分で育てず、生きるための基本を人任せにしていることに気恥ずかしさを覚える。

その上、年金の身で恐縮の限りである。後ろめたさと言おうか、その日を過ごすのも困難なひとや、食うか食われるか必死に生きる生きものも居るのに、働かないで飢えもせず、冷房はないが冬も暖かい家に住み、ぬくぬくと風呂に入っている。

「今まで働いたのだから、当然だ……」とお百姓さんは言って下さるが、何かしら他の命のお役に立っていないで、お前はそれでいいのかと心がささやく。

三〇年近い年月を、私には分に過ぎた理想に打ち込んだ末、どう表現していいか、言葉を借りて言えば「人生を降りて」、後ろ髪を惹かれながらここに移り住んだのだった。

引っ越したら田舎暮らしの例にならって、私も妻と畑仕事をするつもりでいたけれど、妻が思いがけない病に侵されたこともあって、私たちの畑仕事はいつとはなく沙汰止みになってしまった。

外から帰ってくると、採り立ての野菜が玄関先に置いてあったりする。それを食べ切る前に次の季節のものが届くこともある。恐縮して最初のうち私は、その都度お礼の手紙を書いていたら、「礼状など貰うのは迷惑だ！」と言われて驚いたりした。どなたが置いて下さったのか、分からないこともある。

無農薬のものもあり、早く食べないとせっかく頂いたのに腐らせたりする。妻の病気を知っていて気を遣い、煮物にして持ってきて下さる方もいる。自分で作ったものでのお返しができないのが心苦しい。一期一会、大切な心の友人になれるように努めよう。

食べものを作らない私が言うのは恐縮だけど、食糧危機が現実味をおびてきた。世界は深刻な水不足なのだ。農村の余剰食糧生産で成り立つ都市文明はどうなるのか。昔は都会の人口も少なく対応できたが、今は都会が世界人口の大半を占めている。

夕暮れ、お百姓さんたちが家路につく頃になると、「夕焼け子やけの歌」が村に流れる。小鳥や風の自然の囁きの中に、人工の音がひと時でも鳴るのを私は好まないが、この歌は田園の生活に何とも微笑ましく調和していて、快く響く。

日本には、自然の風景や山里の生活にとけ込んだ心に切なく響く歌が多い。私はこんな素敵な歌詞を心に浮かべた人に無性に会いたくなる。私も可愛らしい歌をたったひとつでいいから残せて逝けたらいいな、と思う。

こんな夕どき、村人とビールを飲みながらの話も実に楽しい。無機質な話があまり出ないのがいい。他の生きものたちのように、自然の中で一年毎の四季のサイクルに合わせて生きてきた人たちの話だからだ、と思っている。

四季の繰り返しの中で生きていると、その先を思い煩うこともあまり要らない気持ちになってくる。巡り来る四季は同じだが、だからこそ一字一句読み返す度に本を書いた人の新しい心を見出すように、自然との一体感が歳ごとに深まっていく嬉しさがある。

都会の友人は、田舎ではすることがなく退屈ではないか、と言う。しかし田舎と都会との大きな違いは、里山には命の数とその種類と、自然の循環の量が圧倒的に多いことだ。命の神秘との新しい出会いと循環に浸る喜びの毎日で、田舎で私たち夫婦は大変忙しい。お前みたいな人付き合いの悪い奴が、田舎で続く筈がない。遊んでやるから早く帰って来い、と言っていた友人は、私を置いて逝ってしまった。

里村には思いがけない喜びもある。これを奉仕と言われると躊躇ってうまく書けないが、身近に在ることが、新しい心の出会いを招ぶ。

村には神社とお寺とお墓が在り、日本の暮らしの身近な風景になっている。村の大切な場所である。その神聖で可愛らしい木造の神社の庭と、私の家の庭が繋がっているのだ。思えば村への闖入者が、大変なところに移り住んでしまった。

お宮さんに守られている上に地続きなので、家の庭のような気持ちで草を刈ったり芝や樹を植えさせてもらったりしていたら、最初は少し面倒だったそのことが喜びに代わっていったのだ。何ごとのおわしますかは知らねども……。「報いのいらない魂」に触れた嬉しさと言おうか。ひとの気持ちは不思議なものだ。

村には見える場所にお墓が在るので、覗いて見るようになる。気が向いて草を刈ったりしていると、この村で先に逝った人たちの魂に優しく包まれた気持ちになる。神社といいお墓といい、こんな気持ちは初めてだ。夜のお墓も怖い場所ではなくなった。

村の人たちは、先人たちが託した希望の塊のようなものだ。それはどんな希望だったのだろう。墓誌にある戦死者は、どんな気持ちを託して死んでいったのか。命の連帯は生きている者だけではなく、死者と生者との間も強い絆で結ばれているのを想う。

秋の刈り入れ時に村は一斉に忙しくなる。当てにできない手伝いは邪魔なのを知っているが、恐るおそる手伝いに行く。食べられるために育った命たちに触れて愛おしい。

現代に育った私は、手伝いながら一時間当たりの賃金を考えたりする。田んぼの労働と広い海原の上空を自動操縦で計器を見ているだけの、飛行中の仕事とを比較してしまう。日陰のない田んぼはその日の気圧配置によって猛烈な暑さとなる。飛行機の中はいつも快適な環境である。汗もかかず泥にまみれることもない。

以前からの想いだが、生きものは自然の循環の多い所に居て幸せを感じるのではないか。私はこの里村に住んで「生きものの幸せは循環の中にある」、とますます思うようになった。多くの命に囲まれた幸せな気持ちをどう表現したらいいのか。ほかの命たちとの絆を感じるからであることは確かだ。命たちは循環が色々な形に変化した姿なのだろう。

行く雲や川の流れ、沈みゆく夕陽、移り変わる四季、樹々の葉は自分を落とし次の世代へ命と希望を託す。在るものはみな変化しながら宇宙の中を巡る。

私も生きものたちも、山々も地球も星たちも常に変容しながら動いている。循環の中で変容する変わり目が、生であり死なのかも知れない。私も星も同じく生まれそして死ぬ。宇宙の凡ての存在は形を変えながら、無窮の循環の旅を続けているのだろうか。

それらを、続く世代に希望を託して去って逝く道程として観たとき、土も草も虫も樹も森も石も岩も山も、はては月も星たちも空も、なんだか訳の解らない宇宙までもが、同じ素粒子から成る命の仲間に思えて、愛おしくなる。

私は、この宇宙の循環の喜びを感じるようになって、昔の人たちが残した、民謡や踊りや御伽噺や俳句や和歌や絵画などの文化の根底にある心を、少し理解できそうに思え始めたのが嬉しい。水とみどりに囲まれて、忘れた筈の百人一首が心と口に甦る。

私がここに在るということは、最初の命から数一〇億年後の今の私まで、綿々として命が繋がってきたことになる。気の遠くなる現実である。私と最初の命との間にどんな生きものが居て、どんな希望を託しながら死んで逝ったのだろう。大切な心は、循環に生きる智恵の文化の中に息づいて、営々と受け継がれてきたのだった。

この村には、祖父母が孫を育てる風景が残っていて微笑ましくも懐かしい。想えば今は、個人の権利と自由を大切に、核家族で共働き志向である。子どもは学校から帰っても親は居ない。都会には、みどりの森も小川も、命の循環も殆どなく、無機質なコンクリートの部屋にいて、子どもは独りで自分の心をどう育てればいいのだろう。

命の重要事項としての大切な文化が、命の絆と伴に人の心から消えていく想いがする。家族が生活を伴にし祖父母の死を看取る中で、人は命を引き継ぐ心や命の優しさを育ててきたのではないのか。人は、独りでも寂しくない生きものに変化しているのだろうか。

晩年を迎え、妻と一緒に居られる時間ももう、この世に少ししか残されていない。その大切な日々のなか、妻との話での関心事は、やはり「永い旅立ちの日」を迎えるに当たっての心の在り方だった。

その日までに妻と心の添削をし合い、見栄も意地悪も物欲も、もしもまだ残っていたらひと様を嫌う心も綺麗に掃除して、互いに「一緒に居てくれて有り難う、いい生涯だった」と、優しかった人や故郷の空や野山を想い浮かべ、続く世代の命たちに希望を託し、その幸せを願いながら、分子に返って宇宙の悠久の世界に旅立ちたい。

その様な気持ちになれたら逝くときに、循環が変容しながら流れていく変わり目の死を、妻と静かに迎えることができる気がする。

しかし、先人たちや現世での数知れない無念の死や、食べられたり殺された命のことや、満足に食べることもなく逝った命たちのことを考えると、安らかに旅立ちたいというのは、同じ命として贅沢なことかも知れない、との想いもある。

隣家のお孫ちゃんと私、秋の運動会で

春祭り、裏のお宮さん能舞台での舞い

芽吹きの候、新しい命の季節

路傍の長閑な立ち話

山里の秋

紅く色づいていく木々

妻のアルツハイマー

誰かが困難な状態にあるとき、心身ともに近い身内でなければ、心の底からの同情は難しい。自分で同じ苦しみを経験してみないと、ひと様の苦しみも、それに優しさにも気がつかないのは、何とも情けない。

しかし、多くの人の苦しみの一つひとつに本当に同情できたとしたら、生きているのは辛すぎる。イエスが代わりに担ったという苦しみはこれを指すのだろうか。

私が長い間係わり合ってきた南の国の子どもたちのことも、自分の心を静かに透かしてみれば、遠い国での他人ごと、どれ程真剣であったか心もとない話である。他人の困窮を思い遣る心の深さは、離れている距離に比例して増減するのかも知れない。

時おり心配になる友人夫妻の難儀や、思い出したように訪問する介護施設の入居者への私の断片的な思い遣りの心と、昼も夜も寝ている時も、継続して心配している身内の心とでは、同情の種類がまるで違う。身内の死と、ほかの人の死の悲しみの違いもそうだ。

その身内である私の妻が、アルツハイマーという病にとり付かれた。里村に引っ越してきて間もない頃、異変に気がついた。

それまでの私はこの病名は知っていたが、もの忘れは歳をとれば誰にもあることくらいに思っていたので、調べて知った病気の内容は厳しいものだった。

アルツハイマー病になるには引き金があるという。もし引っ越したことによる精神的な緊張が妻の病の原因だとしたら、どうしたらいいのだろう。

元々、私のヒマラヤ行きと引き換えに「永年住みなれた家」を捨てる気になった、或いは捨てる気にさせられた妻だった。ある友人は、私の脅迫によって妻は仕方なく私に付いて移って行ったのだ、と気になることを言う。妻の両親を看取った家を引き払ったことは、確かに妻の心残りになっただろう。

骨折などの怪我も原因になるらしい。引越しの最中に荷物の整理をしている時、椅子が倒れて妻は転落し手首を折ってしまったが、これも引越しに伴う怪我だった。

本当の原因が解ったところで仕方ないが、どうしても私はグジグジと考えてしまうのだ。いずれにしても発病の大基の原因は、妻から見れば何をするにも心の往き来も真剣勝負、過激で激しい私と一緒に半世紀以上の歳月を過ごした心の葛藤にあるのかも知れない。或いは多くの家庭にあるような、子どもの行く末か。

今は、子どもたちの悩みは私の心で止めるので、子どもたちや孫に会えさえすれば妻は喜んでいるが、心の深いところは解からない。

最初、妻は診療に行くのを少し渋ったが、それほどの月日を待たずに治療を受けることを納得してくれたのは嬉しかった。

高齢化社会になったからか、テレビでもアルツハイマー病の番組が増えはじめた。この病の番組のある日には、テレビを見るようにと電話がかかってくる。

妻がこの病と分った当初、テレビの解説によると一年半もすれば病の進行を止められる薬が開発されそうだ、と言っていた。一年半……。これは私たち夫婦にとって大きな希望となった。とにもかくにも病気の進行が止まって欲しい。

薬ができても脳を元には戻せないとも言っている。精一杯の医学の現状は、病状がかなり進んでしまっている多くの人たちには辛い話である。それからは、希望を持てるような情報がでる度に、今かいまかと一喜一憂しながら日々を過ごしてきた。

けれども、あれから何年経っただろう。薬の開発はそう簡単なものではないことを思い知らされ始めている。このように、医学の進歩への期待と薬の開発を待ちながら、私たちは残された時間との競争を始めたのだった。永い旅立ちへの用意の日々に、あらたな試練が加わった。

私は、七〇歳の古希を迎えヒマラヤ登山を諦めた頃から、妻や私の大切な人、私を大切にしてくれた人たちにお礼の意味を含め、残された日々のことをゆっくり書いて本にし、一冊ずつ渡して心おきなく旅立ちたいと思い始めていた。

しかし、移り住む先の土地を捜したり、どんな家にしようかと考えているうちに歳月が経って行く。書くことをついつい先延ばしにしながらやっと家も建ち、さあそろそろ書き始めようかと思い立ったころ、妻に病の兆候が顕れたのだった。

私は、何の知識もなかった妻の病気のことを調べるのに明け暮れ、効く薬の開発に心が行ってしまって筆を取る気にはなれなかった。

医師からは、「アルツハイマーと戦う優等生夫婦」と褒められて、何だかもう病が治ってしまったような気持ちにさせられたりもする。しかしそうしている内にも、妻の記憶力は少しずつだが、ジリジリと低下していく。綺麗好きだった妻があまり掃除をしなくなった。つい三〇分前に帰った自分の子どもや親戚の来訪をも忘れるようになった。

私の書いた本を誰よりも一番先に読んで欲しい妻が、病気が進んで私を識別できなくなったら……。どうしよう。そうでなくても妻は「あんた誰あれ？　と言うようになるわよ」、と冗談とも本気ともつかない言葉で私を嚇す。

歳のせいか強い薬の副作用だか分からないが、妻の耳が遠くなって反応も遅くれるようになった。優しく語りかけたいと思うと、私の声が静かになって妻が聞き取れない。そうなると、優しい声のはずが大声になって、心と声がチグハグになるのだった。

妻は脳の訓練のために良いと言われている「読み書き計算帳」を毎朝夕練習している。その効果もあり、年に一度受ける脳の検査に付随するテストでも、計算問題は間違えない。

日常の買い物の時、お金の支払いは脳に良いと思い、妻に任せている。

ほかの記憶力はかなり落ちたが、音読の訓練をしているせいで、文章への興味は衰えていない。妻が本への興味を失わないでいてくれるのは、一緒に居て大変嬉しいことである。病気が進んでも、脳の読む力だけは最後まで残っていて欲しい。

読書で嬉しいのは、何よりも書いた人の心の優しさに出会えることだ。一字一句繰返し読むほど心の友になれるのがいい。不思議なのは、人は話し言葉ではめったに本心を出さないのに、文章にすると正直になれる。

しかしいつ何時、急に読解力が落ちて、妻が本を手に取らなくなるかも知れないと心配になってきた。そこで私はやっと本気になってこの原稿を書き始める気になったのだ。

書いたものが本になるまでには、相当な月日を要するだろう。間に合うだろうか。私は考えて、原稿を書いた傍から妻に渡して読ませることにした。

妻は、私の書いた文章を読むのがとっても嬉しい、と言ってくれる。「脳の最高の刺激になるし、あなたの心も理解できるのでいい。読んでいると絶対に呆けないような気がするから書いたものを読ませて頂だい。本になるまでは、絶対に死なないから……」とも言う。長生きもさることながら、私の文章を読んで、喜んでいられる状態で生きていて欲しい。

以来、妻は毎朝夕原稿を読んで幸せだと言い、次の原稿を心待ちにしている。息を引きとる時にも読むそうだ。書いた私よりも、原稿の文章の方を大切に思っているかの様に、喜んで読んでいる。原稿を書いて渡すのが、私の妻孝行になった。

私の原稿のほかにも、移り住んでから好きになった自然に関することが書かれた本を、妻は独りで読んでいる。

椅子に座っている時は、山や樹や小鳥を眺めながらバロック音楽を好んで聴いているが、妻の頭の中でどのような感覚が飛び回っているのだろう。脳の細胞が減っても、ひとの心への感受性、自然の恵みへの感受性は残っていて欲しい。そんな妻を見ながら思ったのは、最後まで残って欲しいのは、ベッドからの微笑みと、ほかの命の幸せを願う心だった。

「私を、こんな所に連れてきて……」と移ってきた初めの頃には言っていた妻だった。それが今では、「この美しい自然を毎日みせてもらって、観ればみるほど素敵になる。人生の終わりにこんな素敵な環境に住むことができて、呆けてはいられない……」と言うまでになってきた。近頃は、私に「殺し文句」も言ってくれる。

「今日も幸せな一日を創って下さって、有り難う。お陰で私は幸せ一杯に生きてます」。これを聞いて私は、今はもう居ない妻の両親に、やっと少し顔向けができるような気持ちになれた。娘の不幸せを見るのは、親にとって地獄に等しいと思うからだ。

私が先に死んだら、妻は私の分も長生きして、残された日々を大切に幸せに全うして欲しい。私の足りなかった部分を補ってくれる異性が見つかったら、なお嬉しいとは思うが、妻にはアルツの病がある。

　しかし妻が先に逝ったらどうなるだろう。私は身体を独りにする練習はよくしてきたが心を独りにする訓練は努めてしなかった。しなかったのは、心を独りにする訓練は人を愛する心や命の絆を断ち切ることだ、と私には思えるからだった。けれど妻が先に逝ったら、独りの心で生きる練習を初めからやり直さねばならない。そんな気持ちが私に起きるだろうか。妻は優しい人と一緒になればいい、と簡単に言う。

　以前、妻の母が介護施設に入っていた頃、妻は遠いところを始終見舞いに通っていたが、施設には、呆けていても微笑みで周りの人たちを幸せにしている人が居たと言う。

「呆けていても、笑顔一杯で周りのひとを幸せにできるのね」、妻もそうなれるよう努力するそうだ。

　ガンの末期になっても笑顔を絶やさず懸命に生きた女性がいて、私の妻の病を最後まで心配してくれていた。しかし末期にはさすがに夜が怖く寂しくて眠れないと言うようになった。死んで逝く、というのはどんなに寂しいことなのだろう。

　毎晩一〇時に心で抱きしめてあげると約束したら、骨がボロボロだから優しくネと言い、それからは嬉しくて眠れたそうだ。妻に不倫みたいでご免なさいと伝えて欲しい、とも言っていた。死ぬときに求めるのは、やはり人の温もりなのだろう。

妻はこの話を聞いて私の心をとても喜んでくれて、妻も同じように介護施設での笑顔のひとの話をしてくれたのだった。

私も、いつどうなるか分らない歳である。どのような状態になっても、妻の介護施設のひとやこの女性のように、笑顔に努めることで周りの心を穏やかにしてあげたい。

妻が私を識別できなくなる時がくるのなら、言葉が理解できる間に語り終えておきたくて、静かな中にも時折、理解の足りない心を埋めようとして、激しい日が訪れる。しかし今は妻が正面から受止めてくれるので、そのたびに心の絆が深くなる。

爽やかな秋晴れのもと、トンボが朝陽に光る中、妻が散歩にでかけて行く。どういう考えからか散歩は一人がいいと言う。誰にでもそうするように、姿が見えなくなるまで手を振って行く。家の周りなら妻はまだ、いつもの路を出かけて何とか帰ってくる。

季節が進み、小雪がチラチラしていても妻はでかけて行き、鼻水を垂らしながら帰ってくる。その姿がいじらしく、私は胸がつまる想いで見つめている。

散歩でも何でも習慣づけるとそれをしないと落ち着かない、と思うくらいに自分を訓練するよう努めた甲斐があって、妻は散歩がすっかり身に付いた。

脳に一番善いのはどうやら歩くことらしい。手先を動かすのと同じく、歩くには大変複雑な脳の働きを必要とするからだ。運動によって脳への血の巡りもよくなり、脳細胞により多くの血を流し多くの栄養素が供給されることになる。

指先を使うのが脳に善いと聞いて、私の母が使っていたお手玉で練習するようになった。また妻は、親切な方の奉仕による折り紙の会にも入れてもらい、喜んで通っている。

妻がよく私に言うように、「せっかくこの山水明媚の地に住んで、自然の美しさ嬉しさ有り難さを思えるようになったのに、呆けていたら勿体ない」に違いない。

確かにそうに違いないとは思うけれど、妻と私の心の行き来が急に活発になった原因が、脳の病に対して二人が協力し合いはじめた結果だとしたら、何と思えばいいのだろう。

妻は自然が好きになってからは、朝起きて空が晴れていると、森の中や里山の風景へのドライブをせがむようになった。山の中では細い小路を好むので、しばしば行き止まりになるし車の腹は擦る。車は数年でキズだらけになった。日々のドライブもまた、すっかり妻孝行の行事になってしまった。

近頃は、「自然は観ればみるほど素敵になる、雨が降ると樹や草や花さんたちが喜んでいると思うと嬉しい。雪が降っていたら雪もいい」、と喜ぶようになったので一日の忙しいこと。妻の望みを全部聞いていたら、この原稿を書く暇は夜中しかなくなってしまった。

しかし妻はドライブから帰ってきたら、どんな所に行ったのかを思い出せないまでになった。それでも幸せなのかと聞いたら「脳は忘れても素敵だったことを体が覚えている」、と言う。聞いて私は絶句する。

後になって後悔しないように、あらゆる検査を受けさせ、あらゆる薬を、と思ったけど、この病気の治療に使える薬は、日本には一種類しか認可されていなかった。

私は仕方なく、外国ではすでに認可されている薬二種類を輸入して飲ませることにした。輸入した薬の処方については、薬と一緒に梱包された説明書にある外国語の、医学専門用語の説明書きに頼るしかない怖さがあった。この薬はこれを書いている現在、日本でやっと認可になったので助かっている。

また脳細胞が壊れるのは酸化が原因とのことで、抗酸化作用のある水素のサプリメントに加え、漢方薬やビタミン剤も飲ませている。藁にもすがるとはこのことだろう。

幸い妻は、薬の量を増やしても吐き気などの副作用が殆どでないのが有り難い。限度まで目一杯に飲ませているが薬は強烈な化学物質である。その相互作用に怯えながら、私は日々、妻に薬を飲ませ続けている。

妻の病のことは、やれるだけの努力をしたら、後は「宇宙の理という神」が決めてくれること、と二人で話している。そのせいか、妻は楽天的に生きているように見える。

妻が知った自然のよろこび　――豊かな循環の中で

私の心に新しい喜びと希望が芽生えた。それは、病による記憶力の衰えにも拘わらず、妻がこの美しい山々や田園に囲まれて自然を観ているうちに、以前から私が妻に語りかけてきた「自然の循環の美しさと喜び」を理解しはじめたからだ。

春の花や芽吹きや小鳥の雛の誕生が可愛く愛おしいのは、私たち死ぬ身に代わり、命が引き継がれていくことへの本能の喜びだったのだ。

山を歩き、樹々のみどりに包まれ清水に行き会う幸せは、水とみどりが命の大元であり命を養ってくれているからだった。

目の前に現われ消えていく生きものたちを見ていると、愛しくて胸がつまる想いがする。その命たちは、昔のそのまた昔、たった一つの命から分かれた兄弟姉妹の姿だった。

野の花に、雑草といわれる草に、樹々のみどりに、そよぐ風の匂いに、四季の巡りに、舞い降りる雪の沈黙のリズムに、妻は自然の循環が奏でる調べを想う。

流れいく雲、小川のせせらぎ、雨垂れの調べ、小鳥や虫の声、それは自然の循環のリズムであり命そのものだった。循環は命の恵み、命に善いものは美しく見える。

自然をただ美しいとしか見ていなかった妻の目は、なぜ自然が美しく見えるのかを理解し始めたとき、驚きと嬉しさと感謝の眼差しに変わっていった。

多くの生きものたちと伴に生き、豊かな循環の中にひたっているとき、私は生きものとしての幸せを想う。私は山に登るようになって、この自然の循環の喜びを知った。山を奨めてくれたひとに、有り難う！　である。

自然とは循環の別名だとつくづく思うようになった。そして命さえも、地球上の循環が変容していくそのものの姿だった。

あと何回の若葉だろう。あと何回の落葉だろう。私たち夫婦は日々の暮らしを循環の恵みと多くの命に包まれて、春には躍動する命を前に、幼い頃の懐かしい自分に心を戻し、秋の紅葉にふたりして恕しの後の静寂を想い、落ち葉が新芽に希望を託して土に返る姿に、わが身の死後を重ねてみたりするのだった。

半世紀余の永いあいだ生活を伴にしながらも、心ですれ違うことの多かった妻と、自然の中で、命が連帯していることの嬉しさに、伴に浸れるようになってきた。

夫婦には夫々の想いがある。妻は最初、「仲の良い友だちみたいな夫婦で何が不満なの」と私に言っていた。私はせっかく生活を伴にするのなら、心を添削し合う緊張した日々でないと、反対に心静かではいられない。

たった今どこに居てどうしているか、寂しくないか幸せだろうか、と常に心を向けていたい、と思ってきた。約束はしていなくても、駅に迎えに来た大切な人を、見落とすようなことはしたくなかった。

絆を強く感じ合いたい時は、互いに決めた時刻に、何か同じことに心を向けることで、こころを一緒にしていたい。この方法は、恋をしたり人を愛したことのある人なら、誰でも考えることだと思う。

好きな本の中に私と同じような著者の心を見つけた。というより読んでいて嬉しくなる多くの心を見つけたから好きになった本だ。その心のひとつに、遠く離れて、毎晩決めた時刻に蝋燭に火を灯して想い合う、という話がある。

読んでいない人には恐縮だが『リトル・トリー』という本だ。小説ながら、描かれているインディアン夫婦の、文明の知ではなく、命への鋭い本能と叡智での、自然の掟に沿った生き方や濃やかな心の在り方を私は大好きだ。

白人への描写が気になるが、虐げられた現実を消すのは無理なことだし、表現を和らげるには著者がまだ若かったのだろう。私も妻や子どもや孫にたいし、このような夫であり親であり祖父でありたかった。

妻であれ身内であれ他人であれ、私はこのインディアン夫婦のように相手の繊細な心の働きかけに敏感に反応できるよう、常に心を開いて嬉しく待ち続けていたい。

人間にも合う波長があるというが、ラジオではないから、衒うことなく話せば心は通じると私は信じていた。だから結婚する決心もできたのだ。しかし、心は「魂」ではなく脳の受容細胞の化学反応らしい。妻の病を観ていると、そのことがよく判る。私の子どもや人の脳もラジオの受信機能と同じなのか。希望というダイヤルを回し続けることになる。

妻は何でも消極的で私と正反対の性格なので、以前、私が何かを始めようとすると衝突した。随分悩んできた私たちだったが、長い間の厳しい葛藤で脳の回線が組みかえられたのかも知れない。晩年になって、やっと夫婦らしくなってきた。

その間私は、優しい女性や友人や、本に援けられながら何とか希望を棄てないできた。宗教も希望を持ち続けるよう説いている。里村の豊富な循環の恵みが、私たち夫婦の心を洗い溶かしてくれたのかも知れない。今は、別の部屋にいれば寂しくないか覗き合う。

「寂しいときは傍から離れません。悲しいときは慰めてあげましょう。苦しいときには苦しみを分けて下さい。嬉しいときは一緒に喜びましょう」……ママごとのような、私たちの毎日の祈りみたいなものだ。

日々何気なく、夫婦が優しくしたいと想い合うまでには、どれくらいの歳月が必要なのだろう。苦しみ傷つきながら労わり合い、諦めさえしなければ、費やしあった時間の長さに比例して大切な人に成っていく。

もし、心に尺度があるとしたら、愛する心の尺度は、諦めないとか忍耐ではなく、希望を持ち続けることへの、自分の心への喜びの深さではないか、と思ったりする。

だが、別の考えも浮かぶ。最初から波長の合った二人が生活を伴にする方が、生まれてくる子どもには善いかも知れない。生活が騒がしくないからだ。

引っ越した当座は、私が白い雪の山を愛おしそうに見つめるだけでも嫌な顔をしていた妻だった。雪の山は妻にとって仇だったらしい。それが今では周りの山々に雪が積もると、顔を輝かせて私と一緒に喜ぶようになった。

美しい山やみどりや生きものたちと、こころ優しい村人の微笑みに囲まれて、妻は本当に幸せだと言う。

こんな幸せは初めて知った、とも言う。記憶の病にも拘らず、妻の心は、今が最も健康そうに見える。妻は独りでいても退屈しなくなった。

妻は、散り逝く落ち葉に有り難う、と労いを言う。野に咲く花や草を摘み取ることもしなくなった。位牌の前を除き妻は家に花を置かなくなった。「悪い天気」と自分中心に自然をみる言葉も使わなくなった。

野に在る花を、そのままの姿で愛でる心が日本にはある。花を摘んで持って帰るのは、命を無機質なものとして所有したい欲の心だ、という意味の文を読んだことがある。

残された日々、このまま妻の病が進まないでいて欲しい。

頭の訓練中の妻、読み書き計算

妻は、みどりの中に居れば、幸せだった

母が愛した高原の露天風呂での妻

寒い中、手を振って散歩に出かける妻

妻は、スイスの山歩きを好んだ

最初、白い雪は仇だった妻

草刈り ―― 便利な機具と石油

田園地帯にでかけると、大小の田んぼが整然とならび、畔もきれいに草が刈られていて、秩序の心地よさのような、それでいて心の和む風景が続いている。

民謡や歌にある日本の長閑な里山の風景には、自然の理に逆らわずに先人たちが守ってきた節度が映し出されているように見える。風景とは循環の尺度が異なるコンクリートの建造物は、家であれ駅であれ、やはり里山の節度には似つかわしくないと思う。

秩序の心地よさで想い出すのは、ヨーロッパの郷の家並みである。屋根や壁や窓などが、その地方で産する素材で造られていて美しい。循環する地産の美なのだろう。

日本の里村の家も、素材とまでは言わなくても、せめて地産の瓦の屋根や土壁と同系の、鼠色やこげ茶や白色であれば、なお素敵な風景に見えると思う。

美しい循環豊かな日本特有の田園風景は、後に続く村人たちの絶え間ない奉仕によって保たれている。移り住むまで私は、そのことに想いを馳せることもなかった。

私の住む村にも奉仕の日があり、春には田んぼの畔を焼き水路の底をさらう。草が生長する季節には、路や溜め池の周りの草刈りをする。それまで草を刈った経験も殆どなかった私だが、村の奉仕に参加していると、村の住人の気持ちになっていくのが嬉しい。

この奉仕の合間に談笑するのも、村の生活の中での楽しいことの一つだ。私はこの雑談で、村の人たちと個人的にも親しくなれた。それに、都会からの移住で万事不慣れだった私たち夫婦にとってこの雑談は、村の生活にとけ込み易いように、何かと親切に教えてもらえる良い機会にもなっていた。

村の中での事情も洩れてくる。村には親子代々の知り合いが多く、都会のように入れ替わりがないので、隣人との間にほころびが生じないよう心を配ってくれないかとか、自分の敷地内なら何をしてもいいというのでは波風が立つ原因となるので、隣人への細やかな気遣いを大切にして欲しい、ということなどを談笑の中にそれとなく挟んで話してくれるので、有り難い。

村の人たちの幸せを願う眼差しと、私が今していることを村の人にされたらどう思うか、という心遣いをしたら、後は任せることにしよう。日常の仕来たりなどで、分からないことがあったら、私は直ぐに隣家の玄関を開けに行く。

近隣が日々を幸せに過ごせたら自分も幸せで居られる。村の長閑な静かさは、村人たちの心遣いと個々の赦しの積み重ねによって保たれているように思われる。

今は、草刈機という便利なものがあって私もその使い方に慣れてきた。昔の人たちはその奉仕を鎌でしていたのだから、腰が伸びなくなったりさぞ大変だったことだろう。

草の間に、可愛らしい小さな花が無数に咲いている。草むらを住まいにしている生きものたちも多く居る。ご免なさいと思いながら刈っていく。この小さな花の一つに私は生まれて刈り取られる可能性もあったのかも知れない。

昔から村の人たちは、草刈りや山の樹々の伐採をしながら、生きものたちとも折り合いをつけ、田んぼの水の循環と伴に生きてきたのだろう。その営みの上に日本の里山がある。草は春の芽吹きの頃から急に伸びはじめ、夏も過ぎ九月も終わりツバメたちも姿を消す頃には伸びなくなるが、庭の草もそれまでに五〜六回は刈る。

庭草を全部刈り取ると虫たちの寝床は破壊され、蛇も蛙も慌てて逃げていく。草を刈る場所を半分にして時期をずらしてみたりするが、虫たちが喜んでくれるとも思えない。

妻は野に咲く花を摘むのを止めたが、私が草を刈らないと庭は荒れ放題になる。しかし、草を刈るのを妻に見つめていられると落ち着かない。

草と一緒に刈り取ってしまった花を妻が花瓶に生けてくれるけれど、自分が刈った花を見るのは居心地のいいものではない。

昔の人たちは鎌で草を刈っていたのだから、一本いっぽんの草花と一期一会の気持ちも自然に生まれ、夫々の命と相対し考える日々だったことだろう。それでは草刈機を止めて鎌で刈れと言われたら、私は何と返事をしたものか。

便利なものの殆どは石油の恩恵である。妻と私が都会に住んでいた時に、本当に便利で助かるものに順位をつけてみた結果、一番順位の高いのは洗濯機だった。

昔、会社の独身寮での冬、凍てつくような水を使って「洗濯板」で何とか凌いでいたのを想い出す。あれは辛かった。しかし、自分が汚した衣類との心の距離は近かったように思う。子どもたちの衣類を洗濯するにしても、洗濯機に洗ってもらったのでは子どもとの心の距離を遠くしてしまうかも知れない。

今は、石油の消費を減らそうと言う一方で、身の周りには広告が溢れ、あらゆる便利なものを買わせようと刺激する。便利なものは石油か電気を消費するものばかりである。

欲しいという考えが頭になかったのに、与えられた刺激につられて買った物だと、余ほど使い勝手がよくないと納戸や物置はガラクタの山になり、何がどこに在るのか分からなくなる。勿体ないのと可哀想とで、捨てることもままならない。求めて良かった、と思えるものは身の周りにそう多くない。

使わなくなった物を妻と相談しながら処分しようとすると、もめる。少しでも想い出の残っている物への執着心まで棄てることの難しさを、納戸の中で思い知らされる。

山のような物の中で生活している人を見るが、後はどうなるのだろう。ほかの生きものたちと同じように、死んだ後には何も残さないのを私は理想としているが、悩んでいる内に残された日々は少なくなっていく。

やはり、持ちものは少ない方が、凜とした日本の床の間のように、心がすっきりとしていい。物が増える前に気がつけば善かった。

村を歩いていると色々便利な農機具を見かける。私が感心したのは田植え機と稲刈り機だ。苗を数本ずつ自動的に田んぼに植えつけてくれるし、刈り入れのときは稲を束にして紐で結んでもくれる。どうしてあんなことが可能なのだろう。

このような大変便利なものが有るから大型農業も可能になるけど、数一〇年先に石油はなくなりそうだ。それなのに自由化競争に備えて田んぼをもっと大きくしようという話を聞くが、今の大きさの田んぼでさえも、石油がなくなれば、米作りはお年寄りには無理である。都会での食べものは無くなるだろう。自由化とは、足りないものを援け合うことではなかったのか。

村の人たちにとって草刈機はどれくらい重宝な位置にあるのだろうか。天敵としての草との戦いは大変なので、草刈機の順位は村人にも相当に高いと思われる。

私もこの歳になって、腰が伸びなくなると生活上のあらゆることに影響するので、鎌で草を刈っていた先人たちには恥ずかしいけど、草刈機を通して、石油というこれも死んだ生きものたちが残してくれた、有り難い恩恵に浴している。

実りの秋

便利な稲刈り機がないと、大きな田んぼは無理だ

日野春の田園風景、向こうに南アルプス

野焼き風景、後ろはお宮さん

山梨の冬の気候 ―― 世界は既に水不足

ここ日野春には年に一〇回ほど雪が降るが、その殆どは山を飛び越えてくるパラパラの雪であり積雪にはならない。一〇センチも積もるのは年に二〜三回くらいだ。

日本の冬の天気は、航空気象や山の天気のおさらいになるけれど、冬になって冷え切ったシベリア大陸で空気が冷やされて重くなり、積み上げられて高気圧となった空気の塊が大陸から日本海上に溢れ出し、日本の東にある低気圧のウズの吸引力に引っ張られ、速度を増しながら一一月の初旬の頃から春にかけて、定期的に日本の上を飛び越えていくのが特徴だ。いわゆる気圧の西高東低である。

この気圧の高低の差は、天気図の上で等圧線の間隔の狭い幅になって表され、台風並みに強い風が吹くこともあるので、この山梨地方の家々には、防風林としてヒノキや杉の木が植えられているのを多く見る。

また、冬山の登山の場合、この等圧線の間隔が狭い時には、余ほどの雪山の経験がないと遭難の可能性が非常に高くなる。前もって休暇をとり、登山の予定変更が難しいサラリーマンには、西高東低の気圧配置は脅威の天気図となる。

今までの日本の冬山登山の歴史で、この気象の時にどれ程多くの山人が命を落としたか、数知れない。

この強い北西の風に吹き飛ばされるようにして、ジョウビタキやツグミなど小鳥たちが大陸から渡ってきて、庭に姿を見せてくれるのも嬉しい季節の装いである。

この空気が日本海の上を渡るときにたっぷりと湿気を吸い、日本の山脈にぶっつかって持ち上げられる。持ち上げられると空気の温度が下がるので、含まれた湿気が結露して雪になり、山やその麓に豪雪を降らせるのだ。

シベリア大陸からの大きな空気の塊が、私の住む山梨に来るまでの通り路には、北アルプスに中央アルプスに南アルプスに八ヶ岳という、幾つもの連峰が並んで立ちはだかっている。

連峰の山々を乗り越えるたびに、空気は何度も上昇し冷やされては雪を降らせるので、山梨に来たときの空気には雪になる湿気が殆ど含まれていない。

したがって、この北西の風が吹くことの多い冬には、日本海側とは反対に、山梨は乾燥した晴れの日が多く、風が止むとポカポカと暖かい。

日野春という名前の由来もそんな所にあるのかも知れない。この強い北西風を地元では「八ヶ岳下ろし」と呼ぶようだ。

この気団の流れの下流にある関東地方も、冬に乾燥した晴れの日が多くなるのはこのためだ。私は日本海側の寒い冬の福岡から来て、東京の暖かさに驚いた記憶がある。

二月も終りから三月になると大陸でも土の温度が上がり始めるので、冷たい空気の塊の高さが低くなって、日本に向かって溢れ出す空気の流れも弱くなる。

そうなると寒い間、大陸の気団によって日本の南に押やられていた太平洋の湿った空気が優勢さを取り戻して日本に近づき、大陸からの空気との境目に前線面ができる。冷たい空気と温かい空気の塊は、不思議に交じり合わないのだ。

その境目の凹凸にできる低気圧が日本の太平洋沿岸を移動するようになると、東京方面に雪が降り、同じく山梨も銀世界になる。

しかし一年を通していえば、山梨にはあまり雨雪は降らない。日照時間が日本中で一番長いと言われる地方だ。

その雨雪の少ない山梨に水が豊富なのは、周りを囲んだ山々に降った雨や雪が少しずつ盆地に流れ出て、地質の条件のいい地底に溜められるからだろう。

冬は樹も冬眠していて水を吸わず、冬の落葉樹には葉がないので、降った雪や雨は木の葉からの水の蒸散もなく、殆どが地に落ちて地下に溜められることになる。こうして山梨は豊かな名水の地となる。山梨は空気と水の美味しい、住みやすい土地だ。

心配なこともある。今は世界の情報が手に入りやすいので、その情報から判断すると、石油不足より水不足の方が深刻である。

石油はとても重宝であり大切な資源だが、命にとっては二次的であり数一〇年もすればどのみち無くなるものだ。命たちは、水とみどりと太陽の恵みで、数一〇億年を石油なしに生きながらえてきた。

水とみどりがあれば命は生きていける。今後、水の豊富な土地は、産油国以上に、命にとって大切な地域になるだろう。私は空から国々を観て来たが、日本は命の資源が豊かな世界でも数少ない国である。

世界はすでに水不足であり、食糧と石油などのエネルギーだけでなく、各国は水の獲得に生き残りを賭けて、国を守る政策を採り始めているように見える。

体の三分の二は水であり一日に数リットルが排出される。それを補うのは綺麗な水しかない。その水が無ければ、人は数日から一〇日もすれば循環が滞り汚れが溜まって死ぬ。水は命を守る最終的な資源であり、水を売り渡すのは命の切り売りと同じことだ。

世界の水不足の深刻な現状を思うと、この山梨の豊富な水が、多国にまたがって仕事をする企業の水ビジネスの利益の標的になっている可能性が大きい。

もし水ビジネスを許すなら大量の水の流出を防ぐために、持ち出す水に累進で高くなる料金を課すことで、命の水を守る必要があると考える。

ただし、水の絆は命の絆だ。水不足で困っている人たちを援けるのは、企業の利益とは別の問題である。

他国の人による土地の買占めの話を聞くようになった。もしそれが水ビジネスのための土地の購入だとしたら、問題になる前に策を講じる必要がある。外交とは冷徹なものだ。

続く世代に残したい故郷の美しい風景とは、水と緑と命ゆたかな土地のことのように思えてならない。

私は、真冬の乾燥した真っ青の空の中に、あまりにもくっきりと聳える富士山よりも、春の淡い空に浮かぶ富士山を観るのが好きだ。麓には桜や桃や梨の花がある。春霞の中、雄大な白い富士山と麓の花は、長閑で和やかな日本の風景である。

太平洋沿岸に、移動性の低気圧が通るようになるのは真冬ではなく、三月の終わりから四月にかけてである。そのために下界は雨だが高山では雪なので、太平洋に面する富士山の積雪の量もその頃が最も多くなって美しい。

村の展示会で、古い手造りのアイススケート靴を見つけた。聞いてみたら長老の子どもの頃は、凍った池や田んぼで滑っていたと言う。今では薄い氷が張るだけだ。

温暖化、といわれても中々実感が湧いてこないが、幼かったころ、私が育った福岡市の城の周りのお堀が凍ったとき、私は怖々とその氷の上を歩いた記憶があるくらいだから、寒かったのだろう。それを思うと、暖かくなっているのは間違いない。

ここに移り住んで以来、私たち夫婦は天候に合わせた生活をするようになった。それで毎日、テレビの天気図を観ている。家でテレビを見るのは朝の体操と、ニュースと天気予報が殆どである。子どもたちへの影響を考えると、明るいニュースが欲しい。

天気予報を観ていると、昔、私は妻と二人乗りの小型機で世界一周するのを夢みていたのを想い出す。

何かひとつの困難なことを、二人で達成する喜びに浸りたかったからだ。今と違って電子機器もなく、広い海原を、波や星を見ながら推測で方向を決めて飛んでいくのだ。

それに備えて、私が眠くなった時には操縦を交代して貰おうと、妻に操縦を教えていたのだが、併せて航空通信士の資格を取るよう勉強させていた。

この夢は、かなりなところまで計画が進んだけれど、妻はこのようなことになると決まって消極的になって私を寂しがらせる。結局は、この計画も実現しなかった。

しかし、ぶつぶつ言いながらも通信士の国家試験には合格してくれた。この種の免許は生涯有効なので、妻は今でも「航空通信士」なのである。

通信士の試験には航空気象も含まれる。それで妻は、テレビで観る冬の天気図を少しは理解できるようだ。

第三章　循環する宇宙

宇宙の大循環の理　――ウズと命

　里村に住んで、私たち夫婦は山里や渓谷を歩き、小川のせせらぎや周りの多くの命との出会いを楽しむことが多い。家に居れば、庭の樹々や遊びに来る生きものたちを見ていることに喜びを感じる。私たちふたりの、大切な時の過ごし方になった。

　周りを見ればみな、夫々の時が満ちれば間違いなく死んで逝く命たち。生きものは少しでも長く、懸命に生きながらえようとし、最後には従容として死を受け入れ、続く世代に切ない希望を託し、永い眠りについて逝く。

　大昔から無限に湧いてきた命の中で、たったひとつ命がこの地球から消えても何ということもない。地球や太陽が消えても、宇宙は静かなままらしい。

けれども自我の観念として宇宙を眺めると、私が消えたら全宇宙が消えてなくなるのと同じ感覚だけに底知れない怖さがある。

　宇宙の歴史の中で、たった一回の数一〇年の私の命。生まれなければ知らなかった筈の、生きる喜びや悲しみや寂しさと、そして死の恐怖。

命とは何だろう……。身体の細胞は、数ヵ月とか一年くらいで入れ替わるらしい。身体の三分の二は水とある。その水も一日に数リットルは排出されるので、水を補給すればその分が新しくなって、旧い私と入れ替わる。

数ヵ月やそこらで、私の体が殆ど別の物質に置き換えられてしまうのか。そうなると、私がここに在るというのが本当のことなのか、と考えてしまう。

私は子どもの頃から、小川のせせらぎに行き会うと水辺に降りて行って流れを見ているのが大好きだった。今もそうだ。

水の流れが岩を乗り越えたり迂回していくときに「ウズ」ができる。そのウズは姿を変えないで同じところに在って、流れて行かない。

不思議に思い石を拾ってウズに投げてみる。すると、ウズは一瞬流れて消えるけれど、又直ぐ元の位置に現れるのだった。

ウズを見つめていると心が吸い込まれ、周りの景色が消えてしまったような奇妙な気持ちになり、ウズを飽きずに見ていたのを憶えている。

身体が全部入れ替わったのに、私という自我はそこに残っている。ウズと命に如何ほどの違いがあるのだろう。命とか自我の正体はこのウズのようなものなのか……。命は蝋燭の火のようなものだと書かれた文章に出会い、何だか私の考えを裏付けてもらえた気持ちがして嬉しくなった。けれど、ウズ巻きの方が、命の感覚として私は好きだ。

ウズの形として命をみると、流れの中で岩が動いたらそのウズは消えるが、動いた岩の所にまた別のウズができるように、生や死は始まりと終わりではなく、分子の流れが自然の循環の中で変容していく際の、変わり目のように思える。

宇宙をウズと循環という概念に当てはめてみると、命や宇宙を全体として理解できるような気持ちになれて、心が宇宙に広がっていく。

クオークや電子のウズの小宇宙から、夜空に広がる宇宙までが、大小のウズの集まりから成り、全体のウズ同士が繋がり調和し、大宇宙となって循環しているようにみえる。

小さなウズが集まって小さな循環になり、その小循環は一段上の循環の中に小さなウズとなって存在する。小さな循環はひとつ上の循環の中にしか存在できないのだ。

人間の身体も、素粒子のウズが集まって原子になり、原子のウズが集まり分子となって細胞になり、細胞は血を介して連なり、体がひとつの小宇宙として循環している。私という小さな循環は、循環の段階を経て宇宙の大循環に繋がっているという概念だ。

その身体は、生物循環というウズの中に在って、食べて排泄物を生物循環に返す。私たち小さな循環は、生物循環の輪の中でしか生きられない。その生物循環も一段階上の地球の循環のひと齣にある。

地球も又、太陽という星の循環に属している。星は無限の粒子が宇宙の循環の中でウズになり凝結したものだ。又その星が寄り合いウズ巻いているのが銀河である。この銀河の星たちも宇宙の大循環の中に生まれ、死んで宇宙に拡散していく。

壮大な宇宙の中で、ウズ巻いて現われては消えていく星や銀河も、小さなウズの私たちも同じウズ。宇宙の中で大きさは違っても、ウズの形をした同じ命であり、宇宙の大循環の中に、大小のウズとして生まれた同じ子どもなのだろう。私たちも星たちも一緒に、同じ循環の中で悠久の旅を続けている。

私たちも私たちが住む地球も、時が満ちれば死んで宇宙の循環に戻っていく。宇宙の大循環の理である。

私は、この宇宙の大循環の中の、大小のウズの形が星であり地球であり命である、との考えがとても好きだ。宇宙との一体感に浸れるからだ。

私たちは、体の血液などの小さな循環を介して、地球から宇宙の大循環に繋がっており、宇宙との循環の絆を離れては生きられないのだった。

可愛らしい小鳥や森や小川の循環に囲まれた里村に日々を過ごしていると、心臓の鼓動を介し、私の体がそのまま宇宙の循環に繋がっているような感覚になってくる。

重力に打ち勝った宇宙は、ウズ巻き膨張しながら拡散していく。人間の生活を含め凡ての物事が動く現象は、宇宙が膨張し拡散する力に吸われ引っ張られる力で動いている。

これが私の宇宙の中でのあらゆる活動の概念だ。宇宙の膨張が止まれば、宇宙の循環が止まり化学反応も核反応も止まるだろう。それは宇宙の死。

循環から考えると、宇宙が死ねば他の循環の中に吸収され、また別の循環になって生きていくのが自然の理だ。この宇宙も更に大きな循環の中の一つなのかも知れない。これはかなり確実にあり得ることと思う。そうならば、宇宙に果てではないことになる。

もし広がる大宇宙に果てがないとしたら、縮まる宇宙にも果てはなく、無限に縮まっていくブラックホールになるのだろうか。反対に広がる宇宙に果てがあるのなら、素粒子の宇宙にも果てがある、ということか。興味は尽きない。

人間の知らない上の次元があるらしいから、人間の脳の次元がもう一段進んだら、色々なことが解ってくる。それまでは急がず欲張らず、頭脳を蓄えて待てばいい。

宇宙には循環し膨張し拡散する力の法則があって、重力や電磁力や核力などの数種の強弱の力が調和し、ミクロからマクロ宇宙まで普遍的に平等に作用しているらしい。

この宇宙の力の法則の総称を、「神」という言葉に置きかえてみるのが、私には最も素直な感覚である。

昔から宗教家や賢人たちが、物やお金や心への執着を戒めてきたのは、瞑想と直感から宇宙の大循環の理を悟ったからではないだろうか。そしてこの宇宙の理を神として、夫々の宗教を編み出したのではなかったか。

神が人間に示し続けてきた掟は、貪欲や執着を棄てて、人やほかの命と連帯し、ウズの一員として循環の中に戻って生きること、と私には思える。

人類は、神を敬いながら神に背いてきた。現代人が、宗教家や賢人を崇拝しながらその生き方を取り入れないなら、崇拝の対象はただの偶像になる。それは神を偶像化して罪の肩代わりをさせるようなものではないか。

現在、世界の殆どの人たちは、夫々宗教の団体に属していて、無宗教の人たちの方がはるかに少ないようだ。

もし宗教団体に属している多くの人たちが本当に神を信じているのなら、人類は平和で幸せな生きものになっている筈だと私には思えてならない。

それは又、今からでも、神の示す掟に立ち返るという、大きな希望が残されているともいえる。

私は、釈迦が座って輪廻を説く姿や、砂漠の民が神の愛から遠のき偶像崇拝に陥って、神の罰を受ける旧約聖書の場面を想い出す。

命に善いものは美しくみえる――循環の無償の恵み

私たちは都会をはなれて野や山や水辺に遊び、花や樹々の緑や小川のせせらぎに出会うとホッとする。

その秘密は、きれいな水や緑が命には善であり、「命に善いものは美しくみえる」からだと私は思っている。循環するものは美しい。入道雲がなぜ美しく見えるのかも理解した。

真っ白な雪や雲や雨や小川や海による水循環の輪と、樹や草や花や大きな生きものから微生物までの、命の連鎖の輪が創る生物循環が地球にある。地球に命が存続できるのは、大気を含め、これら循環の相互作用による無償の恵みがあるからだ。

自然の循環の恵みを車の動力に例えると、入ってきた太陽熱で生物循環のエンジンを回し、水循環のラジエーターで冷却する。動力に使った熱は水が吸い取って蒸発し、地球の上空で熱を宇宙に戻す。

これが地球の循環動力が与えてくれる、巨大な水冷式熱エンジンの無償の恩恵である。地球の循環は太陽からの熱の流れを介して、宇宙の大循環に繋がっている。

生物循環は、太陽からの熱を緑が無機物に結びつけて植物に変え、動物がそれを食べて「汚れ」に変え、汚れを微生物が食べて分解する。汚れは微生物によって分解され、元の無機物と熱に戻るのだ。

元に戻った熱を水が吸い取り、蒸発して空に昇り、地球の外に熱を捨てる。熱を捨てた水蒸気は冷えて雲になり、恵みの雨雪になって地上に帰りまた熱を吸い取ってくれる。

特に雪は、熱に変わったより多くの汚れを吸い取って、宇宙に捨ててくれる。その大切さゆえに「白い雪は美しい……」、と本能が感じるのだとしたら、本能とは何と素敵な感性なのだろう。命に善いものを見分ける心を、私たちは美しいとか、気持ちがいい美味しい、或いは優しい、という言葉で表しているのではないだろうか。

この汚れの分解のことを「腐る」と言うが、分解する微生物が居なかったら、地球上は一年もしないで汚れの山となる。土壌は小さな生物が無償で働く巨大な汚物処理工場だ。

これが循環の相互作用の粗筋であり、人間や生きものたちの出した汚れが地上に溜まらなかった仕組みであり、命の楽園をなしている。

「万物の霊長」の人類が生物の循環の輪から抜けたら輪は困るだろうか喜ぶだろうか。

二〇年前の資料に、日に一〇〇種の生物が絶滅とあって愕然としたが、保全生態学者によると現在、一日に約二〇〇種もの生物が地球から消えており、絶滅は加速しているという。人類は生物循環の連帯の中でしか生きていけないというのに……。

地震や造山活動や大陸の移動など自然の無機質な循環の動きは途方もなく大きく強い。これに比して生物循環の輪は、人間の活動にさえも、脆く傷つきやすく儚く見える。

夜空と家の灯り

里村に引っ越して以来、いつも山を眺めているので、山と一緒に空を見上げる時間も多くなる。見えているのは、白い雲と青い空だ。私には白い雲が空の貯水池に見える。その高さは一〇キロメートルくらいの範囲である。私たちには宇宙の果てまでの知識が少しはある筈なのに、昼間の生活の中の感覚の世界は、雲の高さまでだ。

青空の更に上の宇宙までは、心がなかなか登っていかない。やはり星空を見上げないと、宇宙や地球や地球の生きものたちに想いを馳せることにはなり難い。

薄暗くなってくると、先ずは少し寂しげな宵の明星が光りはじめる。二番星、三番星……。里村は暗いので、やがて夜空一杯に星たちが輝きはじめる。

星空を眺めていると、海辺の砂浜に寝ころがって、神話とともに星座を見ていた子どもの頃に心が帰っていく。今は神話の世界は消え、銀河群の姿やブラックホールなどの宇宙の果てに心が吸い込まれていく。幼い時、宇宙には何かがぎっしり詰まっている、と言い張って笑われたのを想い出す。ついでに記すと地図を見て、アメリカ大陸とアフリカ、ヨーロッパがぴったり繋がる、と言ってこれも笑われた。

大昔の人たちは、望遠鏡もなかったのに星の動きについて驚くほどの知識を持っていた。それは、電灯がなかったので、自然に夜空を観て過ごす時間が多かったからだろう。

以前、私がエベレストで、電灯の明かりのないところで二ヵ月余を過ごしたときのことを想い出す。それは私たちが星空を観なくなり、宇宙や地球のことを考えなくなったのは、電灯の明るく灯る現代の家の造りが、夜空や宇宙から人の心を隔離してしまったからだろう、ということだった。

特に都会では、暗くなると街路にも明かりが灯り、窓のブラインドを閉めてしまえば、宇宙との係わりは絶たれてしまう。静かで暗い里村に住んで居ても、窓の外の、田んぼに舞っているホタルにも想いを寄せていない自分に愕然とさせられる。

飛行士だった私の仕事は、乗客の仕事や遊びの到着の都合に合わせて飛ぶので、途中は夜間飛行になることが多い。夜間飛行の操縦席は殆ど真っ暗である。

自動操縦で飛んでいると、夜空も動かず音速に近い速さで飛んでいる感覚もない。偶に流れ星が夜空を貫くほかは、ただ真っ暗な空間にぽつんと静止している孤独な静寂だけがある。夜空の星を眺めているうちに、私の心は太古の人類や生きものたちが見ていた夜と同じ世界に帰っていく。

しかし地上に居ても満天の星が見える夜は、ゲーム機器など無機質なものはさて置いて、努めて外に出て夜空を見上げ、心を宇宙に漂わせ、月から地球を眺めるような気持ちで、二〇世紀の一〇〇年だけで四倍にも増えた人類の未来を想像するのもいい。

宇宙の広さ　――　私の感覚

夜間飛行の操縦席の窓から見えるのは、夜空一杯の宇宙だ。私がこの宇宙の広さを想うとき、いつの間にか暗記してしまった数がある。

飛行機を降りて里村に引っ越してからも、都会と違って周りは暗く夜空を観る機会も多いので、私はその数値を思い出しながら夜空を眺め、心を宇宙に彷徨わせる。

妻にもこの数値を覚え込ませて、私と一緒に妻の心を宇宙に遊ばせようと思うのだが、アルツハイマーの病のために、宇宙の立体化がうまくいかないのが可哀想だ。

私はこの簡単な数値を覚えたことで、夜空に張り付いて見える星たちの奥行きや、宇宙の果てまでの空間が頭の中に広がり、私も宇宙家族の気持ちになれた気がして、とても嬉しい。参考になればと思い、その数値を書いておきたい。

覚え易いように、数値は五と一〇の単位に単純化してある。数字に「約」も付けない。概念的過ぎて、違和感があるとは思うが、光の速さで広がる宇宙を頭に描くには、相当な誤差があっても感覚としては充分だと思う。

数値は、時速一〇億キロメートルの、光の速さで行ったときの時間だ。

先ずは太陽系だ。月まで一秒、太陽までは一〇分、見えているのは一〇分前の太陽だ。惑星の数は一〇個あり、惑星の間は三〇分。太陽系は、端まで五〇億キロメートルだから光の速さで、半径五時間の広さである。次に、星と星の間は急に遠くなり、五年かかる。私はこの太陽系の端までが、宇宙の中の身内の気分だ。と言うのは、太陽系の端までは只の五時間の近さだが、一番近い隣の星まででさえ、光の速さの乗り物で行って、五年もかかってしまうからだ。

夜空の無数の星たちの中で一番近い星が、五年も前の姿と思いながら夜空を見上げていると、心も思想も愛憎も、私が今まで生きてきたことでさえ、凡ての意味が蒸発というか昇華というか、宇宙の中に吸い込まれていく想いがする。

太陽や私たちは、宇宙の中で何と孤独な存在なのだろう。広い宇宙の中に太陽系が孤独にポツンと浮いている寂しげな光景が眼に浮ぶ。

このように考えると、「宇宙」という言葉は、地球の重力圏の外側ではなく、少なくとも身内の太陽系の外側を指すくらいが適当なように思えてくる。

この太陽のような孤独な星が、ウズ状に一〇〇〇億個も集まったのが銀河であり、更に、隣の銀河まで光の速さで走って、一〇〇万年！もかかる。夫々の銀河も、宇宙では孤独な存在なのだ。その銀河の間もじりじりと広がっているらしい。

次の銀河まで「懸命に走っている光さん」に、私は何か親しみさえ感じる。人間が速いと思っている光も、宇宙の中では結構おそいからだ。

そして宇宙には一〇〇〇億個もの銀河があり、宇宙の端まで一五〇億年の光の旅である。その果ての先にも次元の違った世界があるのかも知れない。

想いを太陽系に戻すと、地球も太陽の周りを時速一〇万キロメートルの、物凄い速さで飛んでいるが、飛行機と同じように、ただ空に浮かんでいる感覚である。

私たちは、その地球に乗せてもらって一年かけて太陽を回る。一周一〇億キロメートルの旅だ。光で一時間の距離だ。

一周回る間に、地球の傾きのお陰で四季が巡ってくる。四季は、生きものに生まれた私に大きな喜びを与えてくれている。暑い寒いと贅沢は言わない。

近い将来、私は土に還りたいのに火葬にされて分子に戻り「永い旅」にでるが、しばらくは地球と伴にいる。

地球や宇宙の科学によれば、数億年後には現在と反対に地球の空気は炭素不足になり、光合成による生物は居なくなる運命にあるという。

その後も地球は太陽の周りを回り続け、五〇億年の後には巨大化した太陽に包まれてしまうらしい。そうなると地球は蒸発し、私の分子も地球と伴に宇宙のガスになって、広い宇宙へ新たな「悠久の旅」にでる。どんな世界が待っているのだろう。

太陽などの星たちも、私たちと同じように生まれて成長し歳をとって死に、また別の星になって移ろい、形を変えて循環していく。

この過程を考えると、星も地球も地球の命も人間も、宇宙では特別な存在ではなく宇宙に普遍的に存在する小さな素粒子の集まった色々な姿であり、同じ一員である。

宇宙に存在する物質は、常に別の存在に移ろい変わりながら循環している。そうならば、宇宙の中の存在はみな平等であり、私が生きそして死ぬのも、人間の考える善も悪も人類の幸せ不幸せも、宇宙の移ろいの過程では必然であり、適当な言葉が見つからないけど、宇宙の大循環の中でのゆらぎとでも言えるかも知れない。

人間は生存圏の広がりを求めて、ささやかながら光速で一秒の月に行って帰るまでになった。それまで、夜空や宇宙は知性の好奇心を育む無限の夢の世界だった。

だがその夢は、地球周辺の開発の欲望に変り、ゴミの層になり地球を取り巻き始めた。そのゴミに取り囲まれて、人類は地球に閉じ込められてしまうのだろうか。

科学技術が発達するにしたがって、反対に宇宙への夢が薄れ、人類の心は小さな地球の、更には個人用のコンピューターゲームを相手に、夜空だけでなく人間との連帯も、他の命も疎外し、独りの心の殻に閉じこもり始めたように思えてくる。

人類の誇る発達した新しい脳は無機的なものへの指向が強く、命が生き延びるための、旧い脳にある本能を薄れさせているようだ。それも進化の過程なのだろうか。

旧い脳と新しい脳の狭間で　――連帯の本能と愛

人間が宇宙の中で特別な存在と思わされ、そのことをよく考えないで私は生きてきた。神さまも特に人の祈りに耳を傾け、幸せに配慮して下さっている、という風に。

旧い脳が殆どを占める他の生きものよりも、新しく進化した大きな脳を持つ人類は高等な存在だと人は言う。

しかし、人類は脳を大きくすることによって、生命体として本当に進化しているのだろうか。生命は旧い方の脳にある本能で数一〇億年を生き抜いて、私たちに命を引き継いできたのだ。

妻がアルツハイマーの病に侵されたこともあって、私は脳のことを考える時間が多くなった。それに伴い、私が気になっていた本能や愛や赦しと、脳の関係を想うようになった。

全生命が最初のひとつの命から分かれて繁栄してきたのなら、夫々の命は同じ身内意識の本能を転写継承しながら少しずつ増えて、生きる場所を求め、散っていった先の環境に順応するために、色々な種に別れ、地球の隅々に広がって行ったと考えられる。

夫々の命が持つ旧い脳に、身内としての「連帯する本能」があると考えるとき、自然界に観る生きものたちの営みを、私は理解できる気持ちになる。

ところが現在に至り、人間の脳の解剖図を眺めていると、人間に新しく発達した大きな脳が旧い脳を包み込んで、旧い脳にある本能を支配下に置こうとしているかのようだ。

そのために新旧の脳が衝突して、心と本能が分裂状態になり、心や体の病を発生させ、人類は多くの苦しみを抱えることになったとも思えてくる。人類の命の特性のひとつは、旧い脳にある「連帯の本能」が、新しい脳によって疎外されたこと、とは言えないか。

他の命との連帯から遠去かれば、人間同士の絆も薄くなって、孤独という実存の寂しさが生じる。この寂しさのことを、宗教では原罪というのかも知れない。

寂しければ、消えかかった本能が疼き、「連帯への郷愁の心」となって、命の絆を取り戻そうと悩む。その心が人間の言う「愛」ではないだろうか。

けれども新しい脳が寂しくなって考えた「愛の心」は、本能ではないから相手の脳には簡単に通じない。そのため「赦し」という心の在り方が、併せて必要になったのだろう。

連帯の本能が薄まったために、利己の欲が大きくなり、お金を介して新しい脳が無限の欲望を求めはじめた結果、人類は命の継続すら危うくなってきた。

新しい脳が、知性や命にとって善い方に進化してきたのなら、他の命たちとの絆は当然のこととしても、人類の命の絆はもっと強くなっている筈ではなかったのか。

死後の空想

ベランダで、夕陽が沈むのを見ているのは、心を少し寂しくする。それは子どもの頃、母親の姿が遠くに見えなくなっていく記憶が、心にあるからかも知れない。

夕陽が南アルプスの山の端にかかると今日も一日が過ぎ、巨大な地球が一回転したという気持ちになる。地球が回っているとはとても感じられない天動説の世界だ。

私は産声を上げて以来、地球に乗せてもらって、すでにお陽さまの周りを七八回も周ってしまった。あと何回か周ったら、私は人間の形にお別れしてミクロ分子になるが、私の分子は、色々な別の存在の一部になって地球と一緒に残る。

ここまでは、近々私の身に確実に起こる事だ。私の死後バラバラになった分子がどんな存在の一部になるのか、死ぬ怖さに加えて、漠然とした命の継承への期待になっている。

思うのだが、人は他の命を頂いて生きてきたのだから、死んだら次に待つ生きものたちに体を与えるのが循環の理であり、他の命への義務であり、命の掟ではないのだろうか。人はなぜ、人を燃やすのだろう。釈迦は多分、燃やすことを奨めないと思う。

生まれる前のことは何故か怖くないのだから、死んだ先のことが不安になるというのは、考えると妙な気がする。宇宙の理に従容として委ねる心境に、早く落ち着きたいと思う。死んで見たら、今までの疑問が一挙に全部解るという、ふざけた楽しみもないではない。

もし生まれ変われるとしたら「人間に生まれ変るのは素敵なことなのか」、という想いも強くある。他の存在へ生まれ変る方が空想としては楽しいけれど、私の人間としての経験に空想が影響されて、人間の世界に惹かれてしまうのだ。

生まれ変わるときに、人間を選ばなかったらどうなるだろう。私の大切だった人や私を楽しませ慰めてくれた存在と別れ、或いは私を憎み苦しめた人との和解のないまま人間を去るとしたら、心残りがする。

寂しがっていた人を残してほかの世界に行くのも、後ろ髪を強く惹かれることになると思う。嬉しい時よりも、寂しい時に寄り添って居て上げたかったから。

けれども、人間に生まれ変るのなら、幸せを願い合う心と言葉がそのまま通じる世界であって欲しい。私には悲しい想いが多々ある。手を携え励まし合って生きたかった人の、心の壁が厚くなっていった辛い経験があるからだ。

ひとは一度、聞くまいと心を閉ざしたら、何をどう言おうと否定するようになる。通常の人間関係もそうだが、例えば恋をしている間は何でも肯定し優しかったのに、恋が冷めたら意地悪にさえなる。恋が愛に変わるには、その反対でなければならないのに……。

相手の心や言葉を善い方にとるか悪い方にとるか、公平さや自分のズルさについて人は心の訓練をしたがらないように思える。心が公平になるとお金が逃げるのだろうか。

この書き方には批判もあると思うが、私には、心が通じる世界への憧れがとても強い。性悪説があるとしたら、人の言うことを悪い方にとる性格をさすのではないか。

私には人に棄てられた経験も多くあるが、私を棄てずに親切にしてくれた人に出会えた喜びがある。少しでも時間を費やし合った人を捨てるには、人生は短すぎる。

欲張るようだけれど、生まれ変わる世界には、人の心への感性を亡くすような忙しさや、憎しみや貧富の差のないことが、心からの願いである。

それにも増して、人や命の絆に程遠いのは、無関心かも知れない。憎しみはまだ相手に関心があるから、相手が死ぬような困難にあれば援けることもある。それをきっかけに、憎しみが愛に替わることもある。恩讐を超えた心に出会えるのは、何と素敵なことか。

だが、無関心にはその可能性はない。貧富の差は、無関心と貪欲が生み出した現実の姿ではないだろうか。人間社会のあらゆる悪の根源に貧富の差があるように私は思う。

死後の空想を書いていたら現世の世迷いごとに「生まれ帰って」しまった。昔の人も、私と同じような空想をして現世に心が残り、それが怪談の筋書きになったのか。

私の自我は、ほかの命に何度も生まれ変ってきた可能性はないのだろうか。宇宙は循環で成り立っているから、私の自我も次々に他の命に入って循環し変容してきたのではなかったのか。前の自我を忘れる仕組みでないと、循環が成り立たないのかも知れない。

人間の知性が宇宙の中で、最高の存在だという無意識の意識があるためだろうか、宗教の経典の中心には人間が在り、ほかの命の存在を意識した文章が少ない。

しかし、もし命に序列があるとしたら、命の大元の有機物を創り出すみどりに、人間は養ってもらっている、と考える方が私には自然な気がする。

知能の発達を人類だけの優越した進化と捉えたままでは、凡ての命が連帯しているという他の命を想う心が薄れ、「偉い」人間は、他の多くの命の絆に囲まれ援けられていながらそれを悟らず、孤独の寂しさから抜け出ることは難しいのではないだろうか。

私は命の連帯の中で、人間以外の命たちの死を想う。私に食べられた生きものたちや、私にかかわり合って私のせいで死んだ、小鳥や猫や犬や樹や多くの命たちがいる。

私にかかわり合って、私のせいで不幸になった人はいないだろうか。間接的にでも私のせいで死んだ人は居なかったろうか。怖ろしい想像だ。

この広大な宇宙には、まだ知られていない上の次元が何階層も在るというから、人間が一段上の次元にいけば、死は新しい未来への幕開けになるかも知れない。

ともあれ、永遠の命に生きるという世界が在るならそれも素敵だ。しかしそうでなくても、人智を超えた何かが宇宙を創り変容させているのなら、その一部の私は、宇宙の循環の理の移ろいに心を委ね切っておけばいい、と思ってはいるのだが。

第四章　空から見た地球と生命環境

空から見た地球

「水とみどり、いのち豊かな美しい地球が、続く世代に残りますように」。これは里村に移り住み、束の間の生涯も終わりに近くなった私の望みだ。祈りとも言える。

山登りでも飛行機の操縦の話でも、危険だとか難しいとか人を嚇す書き方を好まないが、私が空から地球を眺め、心配になったことの在りのままを書いてみようと思う。

私が小型機で空を飛び始めた一九六〇年の頃、青空の下を離陸し、千メートルくらいの高度を通過したら、その上に本当の碧空が開けていたのだ。見下ろすと薄い茶色の空気がドーム状に大きな都市を包んでいた。操縦を終えて、このドームの中に降りていったら、臭いがした。こんな汚れた空気の中で生活しているのか、と私は驚いた。

訓練も終わり、副操縦士になって外地に飛び、着陸に備えての降下中に見た大都市の、世界的に有名な高級住宅街は、うす汚いスモッグの底に沈んでいた。

私は気になって、着陸後にその高級住宅街に行ってみたが、空気が汚れているとも見えず臭いもしなかった。トイレと同じく、中にいると感じなくなってしまうのだ。

その頃、豊かな緑の森で覆われていた南の国も、五年ほど後に機長になって同じところを飛んだら、森はなくなり見渡す限り、草原と農地に変わっていた。

穀物大国の上空からは、大農場の回転式大型散水スプリンクラーによる円形の農産物の緑が延々と繋がって見えていた。しかし何年くらい後だったろうか、緑だった円い形が、命を生まない茶色に変わって延々と残っていた。その後何年経ってもこの円形が緑に回復することはなかった。地下からの塩害で、不毛の地になったと考えられる。

そして私が六〇歳で飛行機を降りる頃には、以前は都市の上に限定されていた薄茶色が対流圏一杯に拡がっていた。北極圏で下に見る氷原は、薄茶色の空気を通すので真っ白には見えなかった。

アラスカでは滞在中に、気温三六℃という現地の人が驚く暑さを経験した。太平洋で、以前はくっきりと見えていた地球の水平線は霞んでしまった。メキシコの、私が登った雪の豊富な三つの高い山は、退職の頃に上空から見たら雪が殆ど消えていた。

好きで、ヨーロッパアルプスに通ったが、行くのはいつも紅葉の頃だったから、積雪の量を毎年同じ印象で覚えていた。その雪山の風景が懐かしく退職後一五年、妻と行ったら雪が少なく山の印象が変わっていた。足元まであった氷河も彼方に後退していた。

私が飛行機を降りて既に一八年の歳月が経つ。この間に世界経済は二倍近く成長した。しかし本当に成長したと言えるのだろうか。地球を取り巻く汚染も急成長している。

この汚染を循環に戻すのは地球の浄化能力だが……。「汚れの種類によって、元の循環に戻る周期が異なる」点が重要だ。

「再生可能とは循環に戻る周期が短い」、という意味である。一〇年で循環に戻るものを五年で消費すれば五年分の汚れが残る。

周期が来ない内に消費を増やし続けると、資源が無くなるか、資源が豊富に有れば循環に戻れない汚れが環境に溜まっていく。

私が空から見たものは、汚れが循環に戻るより早く人類が多くの資源を消費したために、環境の中に溜まってしまった汚れの姿だったのだ。

その汚染の結果、現在、生態学者によると、日に二〇〇種もの生物が絶滅しその率は加速しているという。

水の汚れや二酸化炭素の増加や、化学物質の蔓延や森の減少に加え、医療や事故や破壊の修復や犯罪やテロや核廃物の管理などの費用は、生活にとって不経済部分だから、経済成長の指標から差し引くべきではないか。差し引いたらマイナス成長の可能性はないのか。

人間の工業力も含め凡ての生きものの活動量は、地球の循環の浄化能力の容量によって制限される。

身近には水循環がある。水の莫大なエネルギーは、水が蒸発して空に昇り雨雪になって落ちる力と浄化と冷却の力だ。蒸発は大いなる循環の恵み。この水の循環の周期を越えて水は利用できない。無理に利用すれば河川が干上がるか、水が汚れて飲めなくなる。

再生可能とかクリーンエネルギーと言われるが、製品を造る過程は、エネルギーという空間に広がる熱を使って、原料から不純物や不要部分を分別することだから、使って広がったエネルギーは、必ず熱か物の汚れに変化する。

「エネルギーは汚れながら広がる力」と言える。石油エネルギーも元は太陽だ。クリーンかどうかは、循環の周期以内で使うか越えて使うか、使い方の違いによる。エネルギーの大元は太陽だから、元を糺せば汚染の大元も太陽ということになる。

人間が造って溜まった汚れを、科学技術で循環に戻せたらいいけど、それは出来ない。広がった汚れを、汚れながら広がる力で元に戻そうとすれば、汚れの総量は元よりも必ず増えて循環からはみだしてしまう。はみだしている期間が汚染になって残る。

宇宙の天体の大循環の法則の中で地球の循環も回っている。循環はより大きな循環の中でしか存在できない。別個の循環は存在できないのだ。

科学技術で汚れを消そうと考え、地球の循環とは別に人工の循環を造る試みは、自分の居場所の時間の方向や早さを変えようとすることだ。

この宇宙法則を熱物理では、エントロピー増大の法則とも言うが、面妖だ。そこで理解し易い概念を考えた。エントロピーとは「広がっていく、又は広がってしまった汚れ」というのはどうだろう。時間は元に戻せない。この概念的説明で、何となくエントロピーを解かった気になって貰えたら嬉しい。

人間が「広げてしまった汚れ」、「エネルギーは汚れながら広がる力」として考えると、地球の循環浄化能力だけで満足せず、科学技術で廃物を消そうとすれば、地球の汚れはもっと増える、という未来が朧げながら見えてくる。

人類の危機はエネルギー不足ではなく、大量消費による汚れが循環に戻るのが間に合わずに溜まり、社会のあらゆる仕組みが汚染で動かなくなることにある。

消費と汚染の問題は、人類の今後を考える基礎なので、私は懸命に考えたが不充分だ。もっと易しく小学生にも解かる概念を皆で考えて、命の教育にとり入れて欲しい。

地球の直径を一メートルとすると、対流圏の高さは約一ミリメートルである。地球を取り巻く空気の大部分はこの対流圏の中で循環している。見上げる飛行機雲の高さ位までだ。

地球を覆う空気の層はこんなに薄い。空は無限に見えるが、地球には重力があるので、燃やしたゴミは宇宙に逃げ出せない。私たちはガラスに囲まれた温室に居るようなものだ。

私たち命が生きていけるのは、太陽からこの地球への熱の出入りが一定の量に保たれることによって、地球の循環による気候や環境が毎年同じであるからだ。

環境問題の世界会議が多くなって希望も湧き始めていた。しかし現実は会議の度に対策を先送りするだけである。先延ばしするほど、対策は指数関数的に厳しくなって、一挙に実施しなければならず、それも間に合わないかも知れないのに、なんと悠長なことだろう。地球の周辺までもが開発の欲望の対象になり、地球の上空にゴミの層ができはじめた。

地球上で人類のしていることを、月など、遠くから眺める感覚で見ると……。

人類は際限なくスピードのでる乗り物に乗って、霧の中を前方の遠くないところに確かにある壁の存在を知りながら、加速しているかのようだ。

今すぐに急激にブレーキをかけても間に合わない可能性が高い。本能的な感覚では既に固唾を呑むような状況にある。それなのに、もっと新しいエネルギーを注ぎ込んで加速しないとエンジンが止まってしまうとか、ブレーキをかけるのは速度計が正確かどうか調べてからにしようとか、乗り物を造る人は更に速く走る物を造り、走るのを止めるのは自分の仕事ではない、と言っているように見える。

人類は、霧の中に突如壁が見えてから、欲望と消費への急ブレーキをかけるつもりなのだろうか。

地産地消　――　循環社会と自由化

近頃は、地元の山梨でも「地産地消」という言葉を聞くことが多くなった。私は日々の買い物の際、面倒なときには大型店舗に行く。

確かにアメリカのような広大な土地に、小さな村が遠く離れて点在していて、小売店も公共交通機関もない所では、どこか一箇所に大型のショッピングセンターが在り、車で行けば一週間分の食料から電気製品まで全部の買い物をできる方が合理的だと思う。

しかし見渡す限り循環の乏しい荒々しい土地が広がっている国と、循環豊かな千枚棚田のような美しい風景の日本とでは、自然の中での生き方にも大きな違いがある。

日本の消費者に大店舗の魅力があるとしたら、地元の生産品よりも、商品の価格が安いことだろう。けれど、遠くの国から運んでくる方が安いというのは変である。

世界の生産地には、生産物の価格の安い場所がある。その外国の安い生産物に輸送費を加えた価格が、自国で生産するより安いなら、輸入すれば消費者は喜ぶだろう。

しかしそうなると、世界中で安く大量に生産する地域に生産が片寄り、価格の高いところは、能力があるのに競争に負けて生産しなくなる。いわゆる空洞化だ

特に、農産物について言えば、豊かな水と肥えた土壌が在っても、価格競争に負けた国では農地は放置されてしまい、その結果、世界全体の農産物の総量が減る。だが世界人口

は二〇世紀の一〇〇年で四倍にも増え、農産物の需要は増える一方だ。

工業製品の原料のように産出地が偏っているのと違って、農作物は雨の降るところ満遍なく与えられた天の恵みだ。農産物の生産過程の大部分は、自然の循環が無償で働いてくれたもので、農産物を人間に適したように仕向ける部分が人間の労働力の費用となる。

したがって農産物が安いのは、安い土地と労働力が安くて水があるからだが、労働力が安いのは、輸出国と輸入国の間に大きな貧富の差があるためだ。

労働力が極端に安い国があり、運送用の石油が安いことでこの流通は成り立つが、それが続けば、低賃金労働の人たちは貧農から逃れられない。それは貧富の差によって生ずるテロや社会不安の状態を固定化し、世界平和の犠牲という代償を支払うことになる。

加えての問題は、外国資本による途上国の森林収奪によって、富裕国向けの輸出食料用の農地が開発されることだ。そこで作られた食料が私たちの市場に多くある。

「貧富の差の大きな国からの輸入は公平な自由競争ではなく、貧しい人たちからの搾取と森林破壊と農地の収奪」を意味し「貧富の差の固定化と環境破壊で世界平和を脅かす」。

世界の国が食料を輸出する目的は、相手国に食料が足りないからではない。自国の雇用と外貨を稼ぐためや、多国間流通企業の利益のためであって、不作の年は農作物の輸出を制限するし値段も吊り上げる。

各国が最後に軍事力を使ってでも死守するのは、食料と水とエネルギーだと思われる。既に世界はその方向にあるようだ。

自国に食料を生産する豊かな土壌があるのに減反したり、食糧供給が逼迫すればお金を出しても買えなくなる命の必需食料と、無くても死ぬことのない工業製品とを、お金という同質の価値に換えて国際分業にして移動し交換するのは、来るべき食糧危機の可能性を考えると、大変危険なことではないだろうか。一寸した紛争でも輸入は直ちに止まる。

一方、貧富の差が大きいと別の問題も生じやすい。食料を移動させるとお金のある国に食料が集中してしまうのだ。多国間流通業者という別の要素が介入し、安く農地を開発して安い労働力で食料を生産し、産出国で売るよりも、お金持ちの高く買う国に輸出する。

この流通の構造から別の悲劇も起きてくる。余っている食料を輸出するならまだしも、飢餓の蔓延する国からでさえ、高く買う国へ食料が輸出されてしまったりするのだ。

安い労賃に閉じ込められた人たちの貧富の格差への不満を含め、今後の食料不足はテロの温床ともなり、世界平和の大きな不安定要因である。

世界には既に水不足の問題がある。一般に穀物一トンの生産には水一〇〇〇トンが必要と言われる。しかし工業生産にも冷却水と洗浄用の水が必要だ。一リットルの石油を使えば数一〇リットルの水を消費するので、農業と工業は水を介して競合関係にある。

水不足の国では、農業よりも付加価値の高い工業生産に水を使う方が、より多くの外貨を稼げるので、その様な国では農業用の水と農地を工業に回す傾向にある。これも世界の農産物が減る原因になる。

水と農地を奪われた農村からは失業者が都会へ流れ、都会は失農労働者で溢れるようになり、社会不安の原因となっていく。これが、貧富の差の大きい国の特徴をなしている。大河の水が河口まで辿り着かない程の水不足の状態にある国が増えてきたが、そのような国からの食料の輸出を、日本はいつまで当てにするつもりだろう。

「日本は資源の無い国」と言うが、命の最終的な資源は、水とみどりと土だ。その大切な水とみどりが豊富な日本なのに不思議な表現に思う。

少し前まで、水は無償と思っていた位の日本なので、大切な資源の存在に気が付かないのかも知れない。私自身も外地に飛び始めたとき、水道の水を飲んではいけないと言われ、水がビンに入って店で売られているのを見て驚いた経験がある。

戦前の日本での水の浄化は、微生物たちがきれいな水にしてくれる「緩速ろ過」式だったのに、敗戦後は水不足の外国の技術を真似て、化学薬品を加えての「急速ろ過」式に変えたことで、美味しい水が日本から消えていった。緩速ろ過方式に戻せないものか。

次に大切な資源はみどりだが、日本は森の国と言われる程、みどりの資源も豊富である。

私は、みどりの少ない世界を飛んで周って、水とみどり豊かな四季に恵まれた日本に帰ってくると、ホッとするのだった。日本は命にとって豊かな資源国である。

人件費の高い国で農産物輸出の競争力に勝る国もある。その理由は見渡す限り砂漠状の広い土地があり、大量の化学肥料と農薬を注ぎ込んで緑化し、大型の石油機械化によって労働力を切り詰めているか補助金があるためだろう。ＴＶで見る砂漠の中にゴルフ場だけが異様に緑なのは、同じく化学肥料による緑だから、いずれ土壌は崩壊する。

日本のように小さな棚状の田んぼや畑では、どう繋ぎ合わせてもこのような広大な土地にはなり得ないし太刀打ちはできない。無理をすれば、先人たちが丹精込めて作ってきた土壌は壊れ、日本の美しい田園風景から循環が衰退し、無残な姿になるだろう。

それに、食料の持つエネルギーは小さいから数百キロも移動させたら、食料よりも運ぶエネルギーの方が大きくなってしまう。数千キロも離れた国から輸入した食料を食べるのは、食べものではなく多くの石油を食べているのと同じことだ。

循環から考えると、食料を輸出する国は土壌と水を輸出することだから、いずれ循環が細り土地は痩せて産出量が減る。土壌を補うのを化学肥料に頼れば、砂漠化が加速する。反対に食料を輸入した国では、農地や生態系が壊され、汚染が広がる。

これは食料だけでなく、工業製品用の原料を輸入する場合も同じく、一〇トンの原料を輸入して一トンの工業製品を輸出すれば、九トンがいずれ廃物となって残る。

グローバル指向の現在だが、これを循環の視点から見ると、グローバリゼーションとは、例えば多様な種類の毛糸が絡み合って出来ている循環の輪を、一種類の毛糸で編んだ太い縄に変えて輪を回そうというものであり、その種の毛糸を好きな虫が食べはじめたら虫が大発生し、被害は縄全体に広がり、縄が切れて循環が止まることになる。

種の多様性が強いと言われるのは、違う種類の細い糸が束になった太い輪の状態を考えると分かりやすい。一部の種類の糸が食われて切れても循環は止まらない。

生きものの多様性と同じように経済にも多様性が大切だ。一部分が壊れても小さな範囲で済むし周りが援けるのも容易である。グローバル経済では一箇所が壊れると世界全体の経済が壊れる可能性が高くなる。単一栽培に虫が付いて全滅するのと同じ現象だ。小さく分かれた多様性の方が、生き残るには遥かに有利である。

環境と循環の多様性を守り、廃物を出さないためには、その土地で生産したものはその土地で消費しその土地に返す。そこに循環の豊かさと多様性が成り立ち、循環から物がはみ出す期間も短くて済む。したがって廃棄物も減り、持続可能な経済生活も可能となり、国の食料の安全保障にもつながっていく。

総合的自由化を言うなら、人間の移動と居住の自由が最重要な自由化ではないだろうか。

循環から考えると、動けない食料のところに人間が移動するのが自然の在り方だ。移動と居住が自由ならば、国境の意味もかなり薄れ、国と国の間の摩擦も減るだろう。これは渡り鳥たちの生き方だ。本来、人間もそうあるのが自然である。

それを認めないのは、グローバルと言いながら権力の象徴の国境に拘り、自国民の食料とエネルギーを守るという、正義を名目にした権力の意思があるからだろう。平和会議の水面下で、各国の権力は生き残りをかけた態勢に入ったかに見える。

総自由化とは言っても、各国も夫々譲れない条件がある。農産物の自給率の高い国が集まる世界の枠組みに参加するのなら、食料自給率の低い日本の場合には、最後の砦として、「食料を産出する土壌を壊すことだけは譲れない」立場を鮮明にし、減反だけは何としてでも何らかの手立てにより避けなければならないと考える。

「農産物の国際分業は農地の循環を破壊し世界の総生産量を減らす」。日本の里村の循環豊かな土壌を壊したら、土壌が循環に戻るまでには永い歳月の努力が必要となる。

食料が逼迫すれば、輸出国が輸出しないのも自由だから危険だ。どうしてもと言うなら安い米を輸入し、ODAの一環として困っている国へ回してもいいのではないか。

食料の輸出国は石油がなくなっても食料には困らないだろう。しかし減反で豊かな土壌を痩せさせた後、石油が高価になったら輸入できず食料に困る国が、食料の輸出国と同じ条件で自由化するのは、片方だけが武装解除するようなものではないか。

相手の循環を壊さないのが共存の基本だ。命の基本は循環にある。循環を守るのが宇宙の理に叶った在り方だ。命という小さな循環は地球の循環の中にのみ息づけるのだから。現在の世界の「自由化は相手に不足していない物を安く売りつける競争」ではないか。これが輸入国の消費者の幸せのためだろうか。

自由化の目的は、値段を安く売る競争ではなく、「不足するものを補い合い援け合う」のが、人としての本来の姿であり、安く作る競争は、移動の距離の少ない、循環する地域の中で行なうのが本来の競争と言える。

世界の搾取の歴史を洗い直して考える方が安全だと思う。日本の農業が減反することは、城の外堀を埋めることにならないか。自由化とは、主権の譲渡とも考えられる。

日本の農業が今より大規模になり、機械化で減らされた農業人口がそのままなら、石油が高価になった時に大型機械化農業は壊滅し、残るのは手作業の農業だけになり都市人口への余剰食料はなくなって、歴史の教えによると都市文明は消滅する。

「地産地消」は循環豊かな地域社会を指向することであり、エコロジカルな自然の掟にかなった生き方であり、短期的には今後の国の安全保障への路でもある。加えると、国の友好は貿易額でなく、民間の人たちの心の交流によるものと思う。

自由市場と欲望の自由 ―― 貧富の差と環境の破壊

約半世紀以上も前、私が学生の頃、日本は未だ戦争の痛手から立ち直っていなかった。街には戦争帰りの軍人が、負傷した不自由な体で、行き交う人の情けを乞う姿があった。しかし戦争中の苦しみから解放されただけで幸せだったし、世の中はむしろ明るかった。その頃の所得税は累進課税で、最高税額は現在に比べると高く七五%だったこともあり、あまり不公平な気持ちを持たず働いた。と言うより皆が貧しく、財閥の解体などで大金持ちが少なく、貧富の差の少ないことでの公平感だったと考えられる。

その後、懸命に働き、約三〇年後のオイルショック前、アンケート上での多くの人たちの生活意識は、中流の上だった記憶がある。しかし公害問題も多発し始めていた。オイルショックは石油文明への警告だった。石油化学物質等の循環に戻るのが遅い汚れが生活圏に溜まり、社会の仕組みが円滑に回らなくなり始め、現在に至っている。にも拘らず、未だ経済成長指向だが、今の経済構造では「数一〇年毎に消費量が倍増」する。省エネルギーや熱効率を大幅に上げても追いつかず、汚染が加算されていく。繰りかえすが、循環に戻る周期の長いものを、循環に戻らない前に次々に消費すると、汚れは環境に溜まっていく。循環に戻る期間の最も永いのは核廃物の汚れである。

半世紀前の頃、「消費は美徳」との風潮があった。今また経済成長の必要性が言われて、助成金を出して消費を奨励するが、家は使用しない物で溢れている。

広告を見ると、その物が有れば便利に思えるがそれは当たり前で、物欲を刺激することを目的に仕事をしている人が、給金をもらって懸命に考えた結果だからだ。消費の欲望の殆どは、人為的に作り出されたものと言える。子どもたちは、物を持てば幸せになれるような幻想を心に刷り込まれながら、社会を動かす成人になっていく。

この半世紀、私たちは消費を増やし物質的な生活水準は上がったが、欲望を増やした分だけ不満が増えて、心は不幸になったという実感がある。

便利な物のなかった昔の人は不幸だったろうか。幸せは物質豊かな文明の中にはなく、自然と調和して生きる知恵を大切にする文化の中に、幸せの歴史がある。

幸不幸には簡単な原則がある。身の周りとの貧富の差がなければ、少なくとも物質的には平和でいられるし優しくもなれるのだ。

国の適正人口も重要な要素だ。人口が増えたら隣国とあらゆる摩擦が起きるは、歴史が示している。私が生まれて、日本の人口は二倍近くに増え、今せっかく減り始めたのだ。外国を当てにせず、適正人口に合わせた政策への転換が必要と考える。

人類は欲望を腐らせずに済むお金を考え出し、欲望を際限なく貯めることを可能にした。更にお金を電子化という実体のないものに替え、お金から人の絆を切り離し、瞬時にお金を増やせる方法を採り入れた。しかしこれは、働いた対価と言えるのだろうか。

欲望と消費を煽る経済制度である限り、如何なる社会制度であっても、地球の浄化能力を超えた経済では、消費の出す汚染の広がりで社会の仕組みが循環しなくなり破綻する。

消費を煽る経済制度に加え、上に甘い税の制度である限り、格差が生じて社会に敵意が生まれる。格差をそのままに平和を望むのが無理なのは、現在の世界が示している。

貧富の差は、人の心の安定を奪い争い事と犯罪が増え、社会の警備費やテロ対策など、中でも軍備は最も高く付く安全管理の費用と、環境の破壊となって返ってくる。

空想と言われても、続く世代の幸せを本気で望むのであれば、欲望を抑え分ち合うという、人間の知性としての常識的な経済構造に変革する他に、方法があるとは思えない。

経済成長の前に地球は小さ過ぎた。成長しなければ倒産する経済の行く先は地球生態系の破綻だ。定常経済と貧富の差のない構造への変換が、何としても望まれる。

空想だからと、地球の能力を無視して「欲望の自由」と「貧富の差」を許し続けたら、大量消費の出す汚染と人心の荒廃によって、今までとは全く異なる形での世界社会の破綻が子どもの時代にも訪れそうだから、空想では済まない。続く世代のために、地球の能力の熱学的限界について、熱物理学者や経済学者の早急な啓発に希望を持ちたい。

税の論議で聞く考えだが、税金が高くて手取りが少なければ、働く意欲や研究の意欲を削ぎ、人間の知性は進歩しないという。

しかし物が溢れる社会の一方で、その日の食べものにも事欠いている人たちが居るのに、低い税金で「正当に」得たお金だからと贅沢するのを躊躇しないなら、それは知性の進歩ではなく、貪欲による知性の劣化と言えないだろうか。

人は手取り収入が幾らあれば満足するのか。質素で謙虚な人は幾らのお金を望むだろう。一〇億円の年収の人が三～四〇％の税金でも重いと言うなら、年の手取り六～七億円でも満足しないことになる。今や年収数一〇〇億円の人は珍しくなくなった。そして、多額の年収は自分の能力によると思っているようだ。

人は自分を選んで生まれたのではない。裕福に生まれるのも、ストリートチルドレンに生まれるのも偶然だ。鋭い能力に生まれた人は、能力の少ない人の幸せのために役立って欲しい。夫々の能力に応じ、命の幸せのために働き喜び合う社会でありたい。

殆ど働かない人が居る反面、鋭い頭脳や不労所得で殆ど働かずに大金を得る人もいる。その怠惰の心に差があるだろうか。消費の多い人の方が生きものとしての罪は深い。

俗に社会の底辺とも言われる職業は、なくては皆が困る重要な仕事である。その職業を一生の仕事とする人に、生活に必要な賃金と福利厚生がないと家庭を持てない。それを与えないのは人の絆の疎外であり、命に対する国や企業の知性の顕れだと思う。

自由競争による博打的社会が生んだ巨大で行き場のない電子マネーがだぶついて、必要なところには回らずに投資先を求めて世界を徘徊し、企業に強いて無理な消費を造り出し、森林や地球環境を収奪する。欲望の自由の結果、国家の存亡すら脅かしている。

地球環境が破壊されたのも、貪欲による収奪に加えて、貧富の差が拡大したことにある。「貧困のために環境を壊さねば生きられない人たちが多すぎる。富豪のために環境を壊す人たちも多すぎる」。貧富の差と環境には密接な関係がある。美しい地球環境を取り戻して平和な世界を望むなら、欲望と伴に貧富の差を減らすことが必要だ。

こんなに地球を消費したら、人たちの豊かさも成長し自由な時間が多くなる筈なのに、ますます忙しくなって、人から笑顔が消えていく。

今日も人は忙しく働き、憩いを求めて時間を節約する。しかし節約した時間は、競争に負けるという企業に流れ、企業の利益は別の人たちの投資に回り増殖していく。

この現状で、欲望と貧富の差を減らすには、精神論ではなく欲望で欲望を制するように税制を変え、お金の力の方向を変えるのが最も現実的で可能な方策ではないだろうか。

まず必要なのは、妬みや憎しみや争いや、貧と富による環境破壊の根源の「貧富の差」の是正だ。それには「累進的に税率を高くするのが単純で簡素で有効な方法」と考える。高率の累進課税は、社会が穏やかだった頃に適用されていた税制なので現実的だ。

「累進税の党」は空想だろうか。累進税に一本化し、単純にすれば公平さが分り易く、不公平に思っている大勢の人たちの浮動票が集まり、格差の少ない平和な社会への大きなうねりにならないだろうか。単純な税制にすれば政府も小さくて済む。

「競争ではなく分ち合い」の税制だ。広く薄くという消費税は低所得の人には大変高い。「分ち合う」、これには大きな希望がある。それはいずれの世界宗教も「分ち合え」、というのが基本の教えだからだ。世界の人口の大多数を占める信者たちが、宗教の示す生き方を志向すれば済むことである。

高額の所得を得、累進課税で多額に支払ったお金が、ひとや命の幸せに回る社会の仕組みになっていれば、「お金を儲けることが人を喜ばせ、自分の生きる喜びになる」だろう。よく働けばひとに喜ばれ自分も幸せになれる、神の示す平和な世界だ。

この仕組みなら、お金から欲望と妬みが切り離され、お金に連帯の心が吹き込まれ所得の多い人ほど、妬まれる代わりに賞賛され、知性を基本にしたお金の在り方に成るだろう。

国の幸福度は貧富の差に反比例し、累進課税の曲線の傾きに合致すると考える。憲法の定める「人間らしい生き方」を可能にする収入を下限に、それ以上を累進課税にすれば、安全で静かな社会に変わるだろう。生きものとしての消費の節度を考えるなら、累進には上限がないのが理想だ。地球環境と平和と人類の今後を、累進税に期待したい。

次は環境だが、原則は単純だ。「自然の循環が滞っている」のが原因だから、循環の量が増える事には税を優遇し、循環を壊す工事や製品や循環に戻らぬ物には累進的に「循環税」を課せば、自然豊かな社会に戻っていく。補助金の効果は一時的だ。

税制の在り方によって、欲望の心を、生きる喜びに変え、みどりを豊かにし水をきれいにすることも可能であり、税制は国の風景や風格に大きく影響する。

高額の財産や権力地位を手に入れると、人の心はどう変わり易いだろう。財産を守ろうとすれば人を信用できなくなり孤独になる。孤独は人間の最も不幸な状態だ。

卑屈にさえならなければ、貧乏の方が物やお金に心を費やす時間が少なくて済むので、心が豊かになっていい、とは思う。しかし人間社会から逃げ出さない限り、いくら働いてもお金が無さ過ぎると人間らしい生き方ができず、お金が多過ぎるのと同じく心が貧し、孤独になってしまう。心を亡くすと書くその字のように、富豪でも貧乏でも、忙しければ人の優しさを感じる心も亡くすだろう。

貧乏で不幸な社会がある一方、金持ちにも孤独な人が多いという現実がある。貧富の差が少なくなるほど、より多くの人が幸せになれる。

貧富の差の弊害は、裕福な国でも同じである。私がフライトで飛んで行くのが楽しみな、民主主義を奉ずる豊かで静かな先進国があった。ところが、その国が累進課税を簡素化し最高税率を大きく下げて上に甘くしたら、貧富の差が一挙に拡がり、たちまちホームレスの人たちが街にぞろぞろと現れて、殺伐とした国に変容していったのを私は見た。

民主主義の国とは、民衆に格差の少ない平和な国のことではないだろうか。他の先進国に転移した貧富の差は、この時の税制に始まった感がある。ここでも一人、或いは数人の指導者によって、世界の歴史が大きく変わってきたことを想う。

私が歩いた世界の貧富の差の大きな国では、銃を持った私兵付きの牢獄のような壁の囲いの中に、金持ちが集団で家を建てて住んでいるという、滑稽な現象があった。

社会主義の国が市場経済を取り入れた時には、貧富の差の少ない、穏やかで豊かな国が出現すると期待した。しかし自由市場経済の欠点を増幅したような国になっていった。

敗戦後の日本は、貧富の差が少なく他の国に比べて日本は安全な国だった。そのことを、私は外国を飛び回りながら強く感じていたのだ。

ところが日本も、世界の風潮に遅れたら競争に負けるという指導者の主張で、上に甘く簡素化した税制によって、日本にもたちまち貧富の差が定着し、人心は荒廃し、安全度も低下し騒がしい国に変わっていった。

その税制改革の年度末、私も級友の部課長クラスのサラリーマンも、返ってきた税金の多さに驚いた位だから、それ以上の人への優遇は想像に難くない。

その後、追い討ちをかけるように、非正規雇用制度まで取り入れて、日本の格差は更に広がった。例えこの制度下でも、同じ仕事をさせるなら同じ時間給と厚生制度で、働いた時間を乗じて給与やボーナスを支払うのが、経営者の知性の下限ではないだろうか。「パートタイム労働に関する条約」への批准がなされていないのは、国のトップにいる経営者の、命への眼差しと大きな関係があるように思える。

南北格差や貧富の差と云う言葉は、今まではいわゆる「途上国」と「先進国」との間で使われていたが、今では「自由市場が生んだ欲望の自由」によって、先進国の国内に貧富の差が蔓延し、世界の若者たちの多くが、ワーキングプアに追いやられてしまった。「ワーキングプア」というもの悲しい言葉は、欲望の自由と貧富の差を肯定する社会が生み出したものではないだろうか。日本も理由の特定しない心の犯罪が増えて、身近では子どもの通学中の心配までが必要になってしまった。

私は空から地球を見たり飛行先の国を歩き回る内に、汚れ始めた地球や南北格差や人口問題に危機を感じはじめていた。私の飛ぶ飛行航路が増えた一九七五年の頃からは、そのことが特に目立つようになったので、個人の力は小さいし、私の器量ではおこがましいと思ったけれど、見た状況を話して回るようになった。

この危機感は私の思い込みではない。地球環境汚染の問題は既に一九七〇年の頃、当時の国連事務総長があらゆる情報から、今すぐに手を打たないと汚染が世界規模に広がって人類の手に負えなくなる、と警告を発していたのだ。

しかし、この問題を話して回っても微妙な笑みを浮かべられて、その話は又聞こうとか、「人間の脳をそんなお粗末と思うのか、科学技術が解決する」と言われることが多かった。

永田町の議員会館に行って説明していたら、途中で録音を止められて悲しい思いをしたこともある。科学技術への自信から、核廃物を含めてゴミ汚染の始末はどうにでもなると考えられていた時代だったのだろう。

私の子どもが小学校低学年の頃、学校に呼び出されたことがある。私の子どもが学校で「二〇三〇年の頃には世界に破滅がくるから勉強しても意味がない」、と言ったそうだ。

家でどんな教育をしているか、という学校の質問だった。私が家で人口爆発や地球環境や南北経済格差などの話をしていたので、そんなことを言ったのだろう。

グローバルに繋がってしまった人間社会のシステムと、命の大元の地球の循環システムが、現実に急速にほころび始めたように思える。

私が子どもに言った二〇三〇年というのは、楽観的すぎるのかも知れなくなってきた。

原発は事故がなければいいのか

家の前に神々しく聳えている南アルプス連山は、一〇〇万年単位の地殻変動で隆起して三〇〇〇メートルを立ち上がったもので、現在も年に四ミリメートル高くなっているとのことである。早回しフィルムで見れば、地殻も山も流動体なのだった。

地球の壮大な循環運動としての造山活動を前に見ながら、続く世代のことを考えていると心静かではいられない。それは、核燃料の廃物の処理のことだ。

核が専門ではないので、飛行士でない者が操縦の安全技術を説くような場違いな気持ちだが、命を託す大地が変化しそうだと本能が囁く。それでこれを書く気になった。

原子力発電が事故を起こさなければ、その電力を消費し続けていいのだろうか……。

原発の電力を消費すれば使用済み核燃料の廃物が溜まる。資料に、原発でウランを燃やすと毒性が一挙に一億倍、或はそれ以上に増えて廃物として残される、とある。その毒性は一〇〇年後でも六〇万倍、一万年が経ってもまだ一万倍近くも残るらしい。

核燃料廃物の処理計画では、地層の中に保管する場合、国により一万年〜一〇〇万年もの保管期間が必要という驚愕的な数値が書いてある。誰が保管してくれるのだろう。

万年の単位とは、ネアンデルタールやクロマニオンの昔だ。はるか昔のローマ古代遺跡でも二〇〇〇年しか経っていない。万年百万年の未来を想定しようというのか。

万年百万年の間には大地震がある。半島は水没或いは隆起する。大隕石はどうか。社会の大変動もある。亡んでいなければ、人類は少し違った生き物に変化しているだろう。核廃物を地下に保管する場合、地下水脈と核廃物とが万年単位で接触しない地殻が絶対条件だが、懸命の調査にも拘わらず、その場所は地球のどこにも見つかっていない。地下が崩落し放射性物質が拡散して、万年の間に地殻が流動し水脈と繋がったら、永年に亘って生物循環に毒が濃縮され、生物は死に絶えていく。

人類は何故、こんな物騒で後世に責任持てないことを始めたのか。放射能力を科学技術で解決できるとの自信から、原子力発電の実用化に踏み切ったのだろうか。

大変不思議に思うのは、科学技術で放射能を消すことができず、最終的な棄て場もなく、使用済み核燃料の廃物が溜まり続けているのだから、直ちに原発を停止して善後策に知恵を絞らなければならない重大事態の筈だ。それなのに原発を稼動させているのは、人類の知性として異様ではないか。現世の欲望や組織や権力が優先する、との想像は辛すぎる。

多数決の正当性はどうか。世代や国を超える重大問題を、村や町単位の少数の人たちの多数決で決めるのも異様だ。多数決に参加できない万年もの子孫はどう思うだろう。

燃料を増殖する筈の増殖炉も、殆ど増殖せずナトリューム事故で使えず、ウランより遥かに毒性の強いプルトニュームが溜まり、事故やテロを含め、危険度が大幅に増殖した。

原発の電力は安いと言うが、核廃物を万年も保管するのに要する費用は天文学的になる筈だが何故安いのか。居なくなるから払わない、では使い心地が大変よくない。

技術としての原発は星を創る核力で湯を沸かし、水力発電と同じタービンを回して発電するが、水と核力では循環周期が全くつり合わない。一〇〇年後に使用済み核燃料の温度が二〇〇℃も残るのでは莫大な熱損失だ。更に熱を変換して電気にしたのに、電熱器具で又熱に戻して使用したら、エネルギー二重の損失、「エコ」とは相容れない。

電気だけしか造らず莫大な廃熱を出す原発や、石油を大量に燃やす旧式技術の火力発電に頼らずに、新しい技術による高い熱効率の発電が望まれる。

原発の日常現場では、所謂ワーキングプアの人たちが、緊急時には一般人の数一〇倍、一〇〇倍かそれ以上の放射線被曝を認可され、過酷な被曝労働に従事し、その健康の犠牲の上に電力消費が成り立っている。この人たちを身内と仮定して原発を考えたい。

「原発事故の可能性」について。約半世紀に数回の大事故が起きた。世界への影響や、被害者やガンの潜伏や補償や回復費用を考えると、必要悪とするには無茶な事故率だ。

原発には最低三重の安全対策が採られていると思っていたが、大惨事との境目が、配管などの厚さ数ミリのステンレス一枚と読んだ。数ミリの板に国の運命を託すのだろうか。

地震や津波の想定値も、建設費用の影響で低くなる。建設現場の施工技術や原発を稼動する人の、操作忘れやミスなど、人間工学と科学理論に乖離があるのは実際の事故が示している。「想定外」が起きる要因だ。五〇年も事故が起きなければ利益を追求される経営者は、耐用年数を延ばすなど、安全管理費用を「合理化」し始めるのも人の性だ。

核廃物の「中間」貯蔵施設を造ると聞くが、最終貯蔵場所がないのに、どうするのか。貯蔵用の大型プールには、多量の使用済み核燃料が冷却保管されるので、原発一基の事故と比較できない規模に危険が増幅する。再処理工場にもある大型プールでの貯蔵は、地震や津波やテロやミサイル攻撃への安全対策が取り難く、無防備に近くないだろうか。

地震や不等沈下や津波で、原発一〇基分とか大量の核燃料廃物が入ったプールが割れて、水が洩れ出たら冷却不能となる。ミサイルを撃ち込まれたら、貯蔵燃料の量によっては国々を超えて、収拾のつかない大惨事になると思われる。

原発の新しい地震設計指針は、マグニチュード六・五。旧い原発はそれ以下の強度だ。マグニチュード七や八の地震が真下に来た場合を想像する。そしてその確率は高い。

私たちは地震の時、震度なら生活の体験で見当もつくが、マグニチュード七とか八とか聞いても馴染みがないので、調べてみた。

マグニチュード七・〇が、七・二に上がっただけで、エネルギーの大きさは二倍にもなる。〇・二増える毎に二倍、四倍、八倍、一六倍、三二倍……と、二の倍数で増えていく。

七が八に一段上がったら約三〇倍と覚えておくといい。七が九に二段上がった時のエネルギーの差は、一〇〇〇倍もの違いになる。三二倍の三二倍だ。

「ガル」という言葉も地震の時に聞く。物体が無重力状態になるのが約一〇〇〇ガル。日本の再処理工場の耐震設計は四五〇ガルだ。予測震源地直上の浜岡原発は六〇〇ガル、運転を止めても燃料を抜かなければ危険は同じである。

二〇〇四年の中越地震では、約二五〇〇ガルを記録し新幹線が脱線、橋脚も破壊された。

原発施設の弱点は、原子炉よりも、循環冷却水配管の破断で核燃料の冷却が不能になることらしい。再処理工場の配管は特に長く数一〇キロ以上もあるという。国中の核燃料が集まり大型冷却プールもある再処理工場の危険が、あまり言われないのを不思議に思う。再処理工場に事故が起きたら、逃げる場所はあるのだろうか。

ドイツの資料で、再処理工場の核廃物冷却不能の事故の場合、死者は数千万人という。想像を絶する。反対運動でドイツは再処理工場の運転を開始せず廃絶したとある。

「発電所の現状」を種類別に考えると、特に電力増減の調整が出来ない原子力発電は、夜間の最低電力消費量を越えて増設することはできない。そうであれば……。

原子力発電を増設したい立場なら、夜間の電力の需要を増やす。深夜電力を値下げし、深夜電力利用の熱電気器具を宣伝販売し、深夜電力を消費する揚水発電を増設するだろう。

既に揚水発電容量は巨大だ。全原発の約半分の発電容量を持つが、何故か殆ど発電していない。原発を増設するための先行投資なのか、或いは電力が余っているのだろうか。

電気自動車の普及は環境問題の目玉だが、充電は深夜電力で行なうだろう。これは原発を増やす大きな要素になる。一つだけの効率を考えると、他の問題が発生する好例だ。

発電所の数を減らしたいなら、消費電力の瞬間最大値で発電所の数が決まるのだから、消費電力が最大になる時間帯の料金を累進で高くすればいいし、総消費電力を減らすには、累進高料金を設定すればいい。独占企業の場合は工夫の余地が多くあるようだ。

危険なために世界が殆ど撤退した兆円単位の増殖炉や、炉が増殖しないなら不要となる再処理事業から撤退すれば、経費は大きく減る。撤退しなければ残るは核兵器への路だ。

経営原理には、利益と組織を拡大する性があり、設備を増設し需要を工夫して作り出し、営業部所は知恵を図って消費を増やし利益を上げようとする。この原理から独占企業の場合は特に、投資が多いほど利益は増えるので、原発は増設されるだろう。

自国で売れないからと、原発を製造輸出するのは、捨て場のない災いでしかない核廃物を輸出するのと同じことではないのか。企業活動は、法律の範囲を守っていれば良しとし、環境を考慮すれば利益が減るので、環境問題は自分の仕事ではないとするのは、繰り返された公害問題が示している。

大きな事業の組織を縮小させる場合、軍縮も同じだがそこで働く人の雇用や関連企業の問題が大きな障害となる。組織の中から改革を言えば弾き出されて、現状を変えられない。原発を止めさせるには非難するだけでなく、原発で働いている人の生活や地元の雇用を考え、連帯の心を基に、皆が力を合わせての取り組みが必要となる。

原発には工夫の余地は多く、無くても済む筈だ。電灯もない暑い国の貧しい人たちや、毎日二〇〇種も絶滅していく生物にも心を割いてあげたい。

私事だが、子ども二人は都会で冷房の無い家に育った。妻も私も生涯でひと夏、冷房を使ったが止めた。家族が四〇年乗った車に冷房は無かった。皆よく我慢してくれた。人には本能的に原発への拒否反応があり、それが確信に近くても、調べるとなると数値や専門用語が絡み合い、一つひとつを理解し記憶しなければ、全体像が浮かんでこない。そこに専門家が、ベクレルやシーベルトなど馴染みのない用語や数値を使って説明するので億劫になり本も閉じてしまい、うやむやの内に危険な事態は進行して行く。

原子の中は一つの宇宙であり、専門研究はその中の小さな部分に限定され、同じ原子の中の他の部分は素人かも知れない。そのためか、事故の時の専門家の動きは鈍い。

政府はトップ程忙しく、原発が争点なら別だけど、選出された人たちは原発の素人だ。余ほどの原発の勉強をしていない限り、重要な被曝への対応は判らない。いきなり事故が起きたら政府には判断できず、思考停止になるのが実情だろう。

原発事故への瞬時の対応は、頭脳の容量を大きく越える。多くの頭脳を集めて判断する時間は無い。原発本社役員も同様だ。事故現場の情報は混乱して把握は難しい。

この半世紀余に亘って化学物質の毒が生物循環の中で濃縮され、今後も多くの生物種が姿を消していく。だがその弊害は人類が欲望を抑えれば、減衰してくれるものだった。

しかし原発の事故がなくても核廃物の毒は制御不能、人間がたった今居なくなっても、何一〇万年もの永い間循環の中に漏れ出して、生き物の中に濃縮されていく。一寸の我慢をせず、こんな物騒なものを受け入れる損得は何なのか。誰が満足するのか。

生きものにとって最終的な本能は、命の継続への願望であり命の繁栄ではなかったか。同じ生きものの人類が、続く世代の命を危険に晒すことに心の呵責が湧かないとしたら、命の本能を亡くしたことであり、それは生物の範疇から外れることにならないか。

生きものは、自分に与えられた一回の循環の中で生き、死ねば自分の体を含めて、凡て循環に返し、汚れは残さないのが命の掟ではないのか。ほかの命たちはそうしている。

万物の長なら、身内や子や孫や、続く世代の命たちに想いを巡らし、安心して住める、水とみどり豊かな美しい、命の故郷の地球を残して上げるのが使命であると、切に思う。

【付記】事故への対応

（先ず、付記の内容は影浦峡著『3・11後の放射能「安全」報道を読み解く』から多くを引用させて頂いたこと、私自身の大きな啓発になったことを著者に謝す）

「原発事故が起きたらどうなるか」。政府は民衆の「パニック」を怖れるあまり、大勢の人たちが被曝により生涯に亘ってガンになる危険が高くても「直ちに健康に影響はない」と過少評価の情報を流し、動揺して逃げないよう管理する。確かに「致死量に近い被曝量でない限り、直ちに影響は出ない」。だが数年後から、非情にも危険は現実になり始める。危険かも知れないのに、政府や報道機関が安全を煽るのは、未必の故意にならないのだろうか。事故の後から検証すると、現実に危険だったことが多すぎる。

専門家が個人的論拠で、心配するのを無知蒙昧のように言い、それをマスコミが取り上げる。事故を起こした者より、無知で騒ぐ方が悪いと言われている印象だ。

情報提供側は、少しでも危険があれば、住民を安全側に誘導するのが常道だと思うけど希望的観測や危険でないことを強調する傾向がある。正常性バイアスとはこのことか。

原発の炉心が溶け落ちた場合、放出された放射性物質の総量は巨大な筈だ。被災地の、次の世代を担う子どもたちへの配慮は、疎開を含めて充分過ぎることはないだろう。

事故後に設定される「暫定規制値」だが、規制値内だから大丈夫、ではない。緊急事態だから我慢して受け入れようという値だ。「大丈夫」と言われて安心し、日々の警戒を怠ったら、ガンの潜伏期を背負い込む。通常より危険なことに変わりはない。

学校の状況や疎開が困難な場合、行政上の都合で、子どもへの暫定許容値が大幅に引き上げられることも有るので、人任せでは危険だ。「常に平時との比較が大切」になる。

風評被害も言われるが、放射線の過小評価や、計った地点が少なかったり隠蔽したり、平時と比較できる値を示さず、専門用語を使って安全と言うのは、不安の大きな原因になる。経済活動は在庫を減らし生産効率を追及するので、店頭に並ぶのはギリギリの量だ。そんな時に、僅かでも不安があれば、店頭から品がなくなるか余るのが自然ではないか。それを風評被害のように批判するのは、原因が入れ替わってはいないだろうか。

一番大切なことは、被曝地の人たちに少しでも危険があれば、早く避難させることではないのか。それをさせないように世論を誘導し、被曝地の食べものを買えと言うとしたら、「本末転倒」という言葉が心に浮かぶ。補償問題への考慮があるのだろうか。

原発事故が発生し正確な情報が得られない場合、私意見だが、遅い情報を待たず最悪を想定し、直ちに「冷静に」原発から風上へ最少一〇〇キロ、子どもがいたら二〇〇キロは離れてから考えたい。何もなければ帰ってくればいい。被曝してからでは遅いのだ。

「安心感」を考えてみる。人は一〇〇％死ぬがこれは逃げ出せない。人は五〇％ガンで死ぬがこれも逃げ出せない。しかし人類は率を下げようと懸命に努力している。

人は一〇〇ミリシーベルトを被曝すると〇・五％（二〇〇人に一人）が、ガンで死ぬ。

そんな時専門家に、通常のガンで死ぬ五〇％と原発の被曝のガンで死ぬ〇・五％を足すと、五〇・五％だから被曝は大したことではない、と言われると、そうかと思ってしまう。

手術を受けないと五〇％死ぬ時に、手術で死ぬ確率は〇・五％と言われたらどうだろう。又は二〇〇発撃つ中に一発の実弾が入っている銃を向けられたら、逃げるか逃げないか。違う要素を一緒にして説明されると、サギをカラスと言われても分からなくなる。

事故の時に、私たちに少しの知識もないなら、思考停止と同じ状態であり、体制任せで被曝したらガンの潜伏期を負って生きるのは自分だ。家族を守るにも智恵が必要だ。

――手引きとキーワード――

「平時と緊急時を比較できる簡単なキーワードと手引き」を、素人ながら考えてみた。この手引きが少しでも役に立つのを心から願う。多くの智恵を集め、もっと簡単で解かり易い手引きを作って配布して欲しい。これも心からの願いだ。

先ず、平時とはどのような状態か。私たちは交通事故死を必要悪として認めているが、その確率は約二万人に一人だ。では放射線を浴びた理由でガンになって死ぬのを、社会悪として容認するとしたらどれ位の被曝が限度だろうか。

国際放射線防御委（ＩＣＲＰ）の勧告に基づいて、世界が広く採用している基準では、平時の放射線被曝量の上限は「年間累積一ミリシーベルト」だ。この値の被曝でガン病死する確率は、交通事故死と同じ位の、二万人に一人とされている。

参考：ヨーロッパ放射線リスク委（ＥＣＲＲ）の基準はこれより遥かに厳しい。

シーベルトとはガンで死ぬ確率の値と考えるといい。概念的には火傷の酷さといえる。炎からの距離で火傷の酷さが異なる。距離が近いほど、炎が小さくても触れ続けたら酷い火傷になる。だから放射性物質を口や呼吸で体に取り込むと直火となり、状況によっては、体内で永年燃え続けるので深刻だ。内部被曝の怖さはもっと強調されていい。

「年累積一ミリシーベルト」がキーワード。平時期に社会が受け入れ得る限度の値だ。原発事故や放射線の被曝の時、状況を比較判断するための、大元の値となる。

この値は、体の表面の外部被曝と、口や飲食や呼吸で入る内部被曝の合計だから、個々の被曝の値を合計することが肝要である。但し、自然から受ける年約二ミリシーベルトの被曝と、医療の被曝は含まれない。

値が増える毎にガン死の確率が増える。年累積五ミリシーベルトなら四〇〇〇人に一人、一〇ミリシーベルトなら二〇〇〇人に一人、二〇ミリシーベルトなら一〇〇〇人に一人、五〇ミリシーベルトなら四〇〇人に一人、一〇〇ミリシーベルトなら二〇〇人に一人、夫々被曝が理由のガンで死ぬとされている。

この確率は推定ではあるが、考え方のモデルとして広く受け入れられている条件であり智恵と言える。そのためか、科学的証拠が乏しいとして、自説を主張する人が多い。

だが、年一〇〇ミリシーベルトまでの被曝は影響ないと主張して、世界が採用している年一ミリシーベルトの値を否定したいなら、公衆の前でなく学術的な場でお願いしたい。

事故の時に、報道機関から求められたからと自説を言い広める発言は、それが科学者であれば尚更、無用の風評や混乱を招きかねない。異なる説や反論で科学は進歩する。しかし世の中の多くは科学的に証明されない昔からの智恵や本能で動いている。命が数一〇億年を生き抜いてきたのがその証拠だ。科学はそれを追認してきた歴史でもある。

事故の場合、どれ位危険なのかが一番知りたいことだろう。それには平時の時と緊急の時の値の開きを比較できないと判断はできない。

平時の基準の年一ミリシーベルトの死亡率と、事故の情報とを比較し、どのように対処するか、命の安全は自主的に考えることが大切だ。

事故の時、遠くまで飛ぶのは主に、放射性ヨウ素一三一と放射性セシューム一三七だ。重いストロンチュームが三〇キロなど離れて検出されたら、爆発規模が大きかったことを示すので、セシュームやヨウ素の初期被曝も多かった可能性が考えられる。

では「原発の事故が起きた」……。どうしたらいいか具体的に考えてみたい。

飛行機の操縦の場合、瞬時の決断を迫られることがあるが、分厚いマニュアルを見る暇がない時は大雑把な概算で判断する。原発事故でも「キーワード」が役に立つ。

キーワードの目的は「政府の発表する安全度が、妥当かどうかを知ること」、に尽きる。

キーワードをかなり乱暴な概算に思うだろうが、日々の状況も変わるし、基準の値そのものが大きな幅や誤差を含んでおり、国や科学者によって値は大きく異なるので、大雑把でも、安全か危険かの急場の判断には、充分に役に立つと考える。

「空から降る放射性物質を呼吸で吸い込んだ場合」の内部被曝を先ず考える。

一平方メートル当たり一日に降る放射線量がベクレルで示されるだろう。ベクレルとは放射された線の数だ。多いほどDNAを傷つける。概念的には、炎の強さに例えられる。

基本は常に年累積一ミリシーベルト。この一日分の値と、吸い込んだ一日分のベクレルの値を比べれば、ガン病死する確率が分かる。

「一日五〇〇ベクレル」、これが外を歩く時のキーワードである。このベクレルは平時の基準値の年一ミリシーベルトを、一日分のベクレルに呼吸換算した値だ。

このベクレルと、発表された放射線のベクレルとを比較する。

例えば、一日五〇〇〇ベクレル吸ったら、キーワードの五〇〇ベクレルの一〇倍の被曝と同等なので、ガン病死の確率は二万人に一人から、二万人に一〇人に上昇する。子どもの場合は「一日五〇ベクレルで抑える」。子どもは放射線に一〇倍も敏感と考えられるからだ。内部被曝は甲状腺や特定場所に集まる特徴があり大変危険だ。

換算法：一ミリシーベルトを放射性セシューム吸入換算式〇・〇〇〇〇四六で割ると一年分の約二一七〇〇〇ベクレル。更に三六五日で割ると一日約六〇〇ベクレルとなる。放射性ヨウ素も換算式〇・〇〇〇〇〇七四で換算すると一日約四〇〇ベクレルとなる。

このセシュームの値六〇〇と、ヨウ素の値四〇〇との平均が「一日五〇〇ベクレル」となる。

次は、被曝した食べ物や飲み物を口に入れる「内部被曝」の場合を考える。

飲食物被曝の値が発表されても、値の根拠が複雑で、日々の買い物の時に実用性がない。やはり生活の上での実用的な方法を考える。

「一食五〇ベクレル」、これが飲食する時のキーワードである。この値も平時の基準値の年一ミリシーベルトをベクレル換算した一食分だ。この「五〇ベクレル」と、検出されたベクレルの一食分とを比べる。

例えば牛肉一キロから五〇〇ベクレルが検出された。

この肉一食二〇〇グラムを食べる場合、二〇〇グラムは一キロの五分の一だから、検出値五〇〇ベクレルの五分の一。一〇〇ベクレルが肉一食分の被曝になる。キーワードは一食五〇ベクレルだから、肉一〇〇ベクレルは、平時の限界の二倍の値だ。食べ続けた場合などを含めて判断する。

例えば野菜一キロから二〇〇〇ベクレルが検出された。野菜は日に三〇〇グラム位食べるので一食は一〇〇グラム。一〇〇グラムは一キロの一〇分の一。一食は二〇〇ベクレルになる。

これはキーワード五〇ベクレルの四倍、年四ミリシーベルトの被曝と同等だ。

労働基準法は年五ミリシーベルト以上の被曝を危険視している点も判断材料の一つだ。

但し、子どもの場合は、大人の一〇分の一、「一食五ベクレル」に抑えることが重要だ。子どもへの考慮の重要性は、命の継承のために、もっと強調されていいのではないか。

換算方法：年一ミリシーベルトを放射性ヨウ素の経口換算式〇・〇〇〇〇二二で割ると年約四五〇〇〇ベクレルになる。

一日分の三六五で割って、一日一二五ベクレル。一食分の三で割ると約四〇ベクレルが出る。

セシュームも同じ経口換算式〇・〇〇〇〇一三により一日二一〇ベクレル。一食分は七〇ベクレル。

四〇と七〇の略平均が「一食五〇ベクレル」。一日は一五〇ベクレル。

（注：飲み物の場合の一リットルは、一キロとしての概算で大差ない）

「外部被曝」について。これは体の表面に受ける被曝だ。公表値は多分一時間当たりのマイクロシーベルトでなされる。（一ミリシーベルト＝一〇〇〇マイクロシーベルト）

「平常時は一時間〇・一マイクロシーベルト」、これがキーワードだ。

〇・一マイクロシーベルト／時＝約一ミリシーベルト／年

「事故時の逃避の状況判断」に、このキーワードを応用して考えてみる。情報が平常時の一〇倍の一マイクロシーベルト／時なら、年に一〇ミリシーベルトだから、ひと月分の被曝は一ミリシーベルト弱ですむので、避難するにはひと月以内ならよい。

「一マイクロシーベルト／時なら、大人は避難するには一ヵ月の余裕」がキーワード。

情報が二マイクロシーベルト／時なら、大人は避難するまでに、半月の余裕がある。

しかし子どもは放射線に一〇倍も敏感と考えると、子どもは直ちに避難が望ましい。情報が五マイクロシーベルト／時なら、一年換算約五〇ミリシーベルトにもなる。ひと月分でも四ミリシーベルトの被曝だ。避難の一日遅れの影響は大きい。

「五マイクロシーベルト時には子どもは直ちに、続いて大人も避難」がキーワード。

事故時の逃避判断には、外を歩く時の呼吸換算のキーワードの「一日五〇〇ベクレル」も、合わせて判断する。

事故の時の手引きは以上だ。素人の机上の内容だが、このような手引きが見当たらず、私自身が欲しくて書いた。いい手引きの出現を望む。

参考：半減期という用語があるけど、半減期の二倍で危険が〇になるのではない。半減期と聞くと分かり難いけど、半減期を七倍すると一〇〇分の一に減る年数だ。セシューム一三七の半減期は三〇年、一〇〇分の一に減るのは七倍の約二〇〇年後。一〇〇〇分の一に減る年数は半減期の一〇倍。これも覚えておくと便利だ。

生物学的半減期：内部被曝で入った放射性物質を体が排出しようとするが、放射性物質の種類で排出期間が異なる。この期間にも半減期がある。必要なら自学されたい。

事故の後は報道の特性として、緊急事態が日常化すると報道はなされなくなる。しかし放射性物質は出続けているのだから、事態は変わらず被曝はつづく。

政府も、国民の生活を理由に「現状維持」が優先され、命の問題は咽もと過ぎて先送りにされ、未来の事態はもっと深刻になっていく。

核燃料廃物の始末と事故への対応を私が長々と書いたのは、身近にある巨大な危険物を、少しでも平易に考え易くし、続く世代に「命の故郷」を残したいと願ったからだ。

最後まで読んで下さって、有難う。

自給自足に戻るのか ―― 想像による考え方

原子力発電がなくなり、続いて石油文明も衰退したらどうなるのだろう。若い人や学生たちに、都市文明の崩壊の危機の話をすると、どうしてか上の空のことが多い。石器時代の自給自足になるという、漠然とした発想が頭に浮かぶようだ。

そんな生活は考えたくないらしい。それは自分の仕事ではないし心配しても仕方がない、人間の知恵が何とかする、人間の業だろう。こんな言葉によく出会う。

漠然とした不安はあるが、具体的に考える気にはならず、消費の欲望はそのまま日々を過ごしているのが現状の様だ。しかし、今この世に生を受けている人たちが、危機に直面する可能性も充分にあるのだから、真剣に考えなければならない事態にある。

現文明が崩壊した場合に残るエネルギーは、水にみどりに太陽と、風や牛馬の力と人力などがある。これは産業革命以前の状況に戻ることだ。

産業革命以前の生活とはどのような状況だったのだろう……。

参考になるのは昔の生活を描いた映画である。その時代を描いた映画を見直すことで、かなりな情報が得られると思う。私の場合はイタリアに住んだので、多くの美術館にある絵画の中に、産業革命以前の人たちの生活を観て歩く機会に恵まれた。

取り上げられた主題にもよるけど、映画で見る限り昔の文化の程度は高い。物質的には不便そうだが、不幸そうには見えない。貧富の差がある場合は別だ。

現在の世界の中でも、エネルギーの乏しい国は多くあるので参考になると思う。例えば、アジアやアフリカや中南米の田舎には、エネルギーにとても貧しい人たちが居る。この人たちの生活は、産業革命以前の生活よりも、はるかに貧しいと思われる。私たちはそれを自分の所為ではなく、仕方のないことのように思っている。

私が一九八六年、登りに行ったエベレストのネパールでは、首都のカトマンズでさえ、日に数度の停電があった。東京への電話も随分待っても中々通じなかった。エベレストの麓まで、車の通れる路はなく歩いて行った。トイレもなかった。勿論お風呂もだ。

途中、ナムチェバザールという、例外的に大きな宿場に泊まったが、電灯が点いたのは夕刻の一〜二時間くらいだった記憶がある。燃料は薪と牛糞だった。風呂はなくトイレは汲み取りで、紙の代わりに草が置いてあった。糞と雑ぜて肥料にすると言う。電話はない。体は冷たい川で洗った。

しかしこの遠征の経験でも、周りのひとたちが皆同じレベルの生活であれば、物質的には不幸という気持ちにはならないという感覚があった。

私は飛行先や旅先や山登りで色々な人たちを見てきた。そこで感じたのは、貧富の差の少ない所の人たちは、エネルギーやお金が乏しくても連帯の絆が強く牧歌的で心は優しく、平和な顔付きをしていることだった。人や命との絆に生きていれば、物が豊かな文明でなくても、心豊かな文化的な生活が可能なことを示している。

近くには、幸福度が国是といわれるブータンがあるが、エネルギー消費量はネパールとそれ程の違いはないだろう。

現在も、エネルギーを少ししか使っていない人たちの生活様式は、今後エネルギーが乏しくなった時、生きる希望を与えてくれると私には思える。

「周りの人と自分との貧富の差がなければ不幸を感じないし、優しくもなれる」。これは、困難な時代が来た時の重要な参考になると思う。

物のないのが不幸ではなく、自分だけ或いは特定の人だけが物を欲しがると、心に争いごとが増えてみんなが不幸になる、という簡単な原則だ。

例えば貧しくても貧富の差の少ない平和な国に、多くのエネルギーや外国資本を持ち込んだらどうなるか。たちまち貧富の差が広がり、殺伐とした雰囲気の国に変わるだろう。以上種々な例を考えながら、産業革命以前の生活を想像してみた。

これに関してメディアの論調は、未来よりも新しいエネルギー開発の話が多い。原発を止めて石油も無くなったらどうなるかなどには、言及されることはあまりない。

それで私は、手探りで恐縮だが、文献に頼らずに想像と概念だけで未来を覗いて見た。

この程度の概念でもあれば、未来像への考え方の方向が、朧気ながら浮かんでくる。

現代の私たち一人当たりのエネルギー消費量は石炭以前の人たちの何倍くらいだろう。映画や絵画や、エネルギー消費の少ない国から想像し、二五倍として想像してみると……。

個人のエネルギーの必要量が二五倍なら、現在の世界人口は産業革命の頃の約八倍なので、二五倍に八を乗じると、世界のエネルギー総必要量は、昔の「二〇〇倍」にもなる。

可能かどうか別にして、石炭石油や原発に頼らずに、産業革命以前のエネルギーで現在の生活水準を賄う場合に必要なエネルギーの比較倍数だ。

日本の場合、人口は産業革命の頃の約四倍だから、二五の四倍の「一〇〇倍」で済む。寿命の延びもあるが、寿命の要素は人口の中に含まれるので参考値だ。日本の平均寿命の延びはざっと二倍であり、世界もそれ程の違いはないだろう。

何処で生活するのかも必要な要素だ。都市と村の生活の比較では貧富の差が大きい程、エネルギー消費量の差は大きい。

日本の都市と里村の生活での個人のエネルギーの消費量の差は、二倍で済むだろうか。仮に二倍とすると日本の山里に住めば、一〇〇倍は半分になり「五〇倍」で済む。

住む場所を考える場合、命の大元の水とみどりが豊富にある土地が大切な条件になる。砂漠では生きられない。日本は恵まれている。同じ日本でも、日本海側と太平洋側、沖縄と北海道とでは、暖房費のエネルギーの消費量に差がでる。

それに対する供給エネルギーはどうなるか。再生可能なエネルギー供給源は、みどり、水力、風力、太陽、それに畜力と人力がある。他に地熱もある。

昔に比べ科学や技術が発達した分、水や薪や風力や太陽から取り出すエネルギー効率はどれくらい上がっただろう。現在、産業革命以前の五倍にもなっていたら、科学と技術の素晴らしい結果と言える。もし「エネルギー効率が五倍」だとしたら……。

日本の総合消費量の倍率は一〇〇倍、山里に住めば半分の五〇倍。エネルギーの効率が五倍なら、総合消費量は五〇倍の五分の一。産業革命以前の「一〇倍」にまで減る。

何だか、春風が吹けば桶屋が儲かるような話になったが、江戸時代の初期と同じ種類のエネルギーを一〇倍した量のエネルギーが手に入り、それ以上欲張らなければ現在と同じくらいのエネルギー生活が可能になるということだ。希望が湧いてきた。

しかし大きな問題がある。水や風などの、循環の流れを利用するエネルギーで必要量を賄う場合、土地の広さに対して産出されるエネルギーの量が少ないことだ。

「エネルギーは広がる力」であり、天の与えるエネルギーは既に相当に広がった後の力だから広がる量が少ない。従って必要量を得るには「広大な土地や海や河の面積が必要」になるのを覚悟しなければならない。国土はおそらく無残な風景になるだろう。

足りないと新しいエネルギーに飛びつくのが人情だが、新しい技術が開発される場合には細心の注意が要る。原子力発電の開発を物理学者が危険だと反対しても、学者の警告は消された歴史がある。人間の欲望は強烈であり一旦進み出したら止めるのは困難だ。

もう一つ、大きな問題がある。例え、欲望どおりにエネルギーが手に入ったとしても、人類の危機はエネルギー不足ではなく、大量消費による汚染が、循環に戻れずに溜まってしまったことにある。

太陽でも如何なるエネルギーでも、使えば必ず廃物と廃熱がでる。循環に戻る期間の短いものを、再生可能なエネルギーと言っているだけだ。

循環に戻る限界を越えてエネルギーを使えばそのまま汚染が残される。エネルギー消費を拡大すればするほど、消せない汚染が溜まって生命環境が破壊されるのが現状だから、「欲望縮小革命」のほかに、選ぶ路はないのではないか。

そんな生き方は嫌と言う人たちはどうするだろう。軍事力やお金を使って自分の国だけでエネルギーを奪って生きようとするだろうか。そうなれば、人間性悪説が確定するかも知れない。現在、俄かに島の領有や領海を主張したり、世界を動かしている人たちの動向が心配になる。

第五章　生きるということ

食べものは命　——命の掟

都会を離れ、この村に引っ越してから、新鮮な野菜などの「死んでくれて直ぐの命」を頂く機会が多くなった。お陰で、私が子どもの頃に知った命の掟の感覚を思い出す。

私が生まれたのは都会だったけど、私の幼い頃は車もまだ殆ど走っていなかったので、家の前の大通りで、子ども用の自転車の練習をしたり、道路に白いチョークで絵を書いて遊んだりしていた。

当時の世界人口は現在の三分の一程と少なく、外国に行くのもほんの少数の人で、それも船旅の時代であり、地球はまだまだ広く大きくゆったりとしていたから、都会にもビルは殆どなく、このようなのんびりとした雰囲気が残されていたのだ。

家の庭に多くの放し飼いの鶏がいて、朝はコケコッコウの鳴き声で目が覚め、母に言われて私は、生んだ卵を集める手伝いをさせられていた。

可愛いチャボの雄んどりが地面をつついて虫を掘り出し、雌んどりに食べなさいとしきりに奨めている。そんな微笑ましい姿が今も心に焼き付いている。私は鳥が大好きだったので、いつも庭に降りて、鶏さんを追っかけ回して遊んでもらっていた。

鶏が高いところから飛び降りるのを見て私もと、家中のウチワを束ねて腕や尻に結び付け、手にも持ってバタバタと飛び落ちたり、幼い私からは大きな鳥に見える、レグホンという鶏の脚をつかんで、高い所から、けたたましい鳴き声と一緒に飛び降りるようなことをやっていた。

鶏には甚だ迷惑なことだ。暑い時にお客が来ても、家にはまともなウチワが残っていなかったという。

いつも一緒にいるので鶏の行動もよく観ていた。雄んどりが雌んどりの上に乗り、液体をチョロッとお尻に移すところを観て、何をしているのかと父親に聞いたら誠に困った顔をした。私は、何か知ってはいけないことを聞いてしまったのかと、大人のタブーの前に厳粛な気持ちがしたのを憶えている。

あるとき私は、「鶏の絞め方」を父親に教えられて実際にやらされたが、幼く力が弱いので、鶏さんがひと思いに死んでくれず、悲しい声を上げられて錯乱してしまった。

その夕刻、私が自分で絞めた鶏さんの肉が食卓にでた。命について何も知らない歳だったけれど、絞められながら私を見つめていた鶏さんの眼の記憶がはっきりと迫ってきて、美味しいどころではなかった。

私は可哀想……という感覚よりも、なにか得体の知れない、初めて私の前に現われた、「命の掟」にひどく動揺していたのだ。

今でもそうだが、私の子どもの頃は食事の前に「頂きます」、終わったら「ご馳走さま」の挨拶をさせられていた。その挨拶は、お百姓さんの働きと苦労にたいして、感謝の意味だと学校で教わっていた。それは喜寿を超えた今、村のお百姓さんたちを見ていて確かにそう思う。

けれど、幼少の私には「頂きます」という抽象的な言葉よりも、命を奪って鶏を食べたという実の体験から、「食べものは殺された生きもの」という心が刷り込まれたのだ。

しかしその後、戦争中から敗戦後にかけて食べものが無く、一日中腹が減っていて命を慈しむどころではなくなった。これは、世界の食料の乏しい国の人たちも同じだろう。

私は命の掟そのままに、スズメも鳩もカモもイナゴも、食べられるものは何でも食べた。余分に捕まえて人に配ると喜ばれ、捕まえるのが上手と煽てられて得意になり、私は許される掟以上に、多くの命を奪ってしまった。

幼いのに、大人について行って私は猟銃を撃ったりしていたのだ。弾を撃った時の硝煙の匂いを今も憶えている。

魚も釣った。釣りの才能があったのか私ばかり釣り上げていたら、隣で釣っていた大人に、水の中に投げ込まれたこともある。多分生意気なことでも言ったのだろう。

腹を満たすことに懸命で、命を奪うことへの躊躇いは忘れ去られてしまった、というよりそうしなければみんな生きて行けなかったのだ。お菓子など、夢のまた夢の世界のものだった。私の幼い頃はそんな時代だった。

そのような少年期を過ごし、私は社会人になり妻と出会い、ふたりして祈る思いを込めて性を交え、子どもを授かった。

その子どもたちが、肉を美味しいとか美味しくないとか、食べものを残したりするのを見ているとどうしても、私の子どもの頃の自らの手で鶏の命を奪って食べたことや、ひもじかった想い出が呼びおこされてしまう。

肉も野菜も「食べものは命」、と子どもたちに説いてみても現実味がない。肉は刻まれて、今ではパックに入っていたり油揚げだったり、生きものの形をしていないから、牛さんや豚さんや鶏さんの顔や、お百姓さんの働く姿が見えてこないのは無理もないと思う。

そこで考えて、子どもが幼い時、屠殺場の見学に連れて行こうとした。もし許されるなら屠殺の手伝いもさせてもらいたかった。その体験をすれば、殺された命について考える心が育ってくれるだろう。

自分に代わって殺して下さる人への思い遣りの心も湧くだろう。食べるための牛さん豚さん鶏さんを、代わって育てる人たちも居る。ただ、昔とは育て方に大きな違いがある。私の幼い頃は殆どが放し飼いだったが、今はブロイラーという身動きもできない方式で鶏や豚を育てる。その現場を見て以来、自分がブロイラーの身になって、狭い空間に閉じこめられた一生を、夜中に想像し始めたらもういけない。

子どもたちが、死んでくれた命を前に、頂きますやご馳走様という言葉を賑やかな声で唱えるのではなく、死んで下さって有り難う、ご免なさい、あなたの分も大切に生きます……と食べられる命を想い、世界には食べられない人たちも多く居ることを考える人に育って欲しかったのだ。

更には、輸入された食べものを買ったり食べたりする時は、貧富の差の激しい外国で、運よく仕事があっても一日一〜二ドルの低賃金で、夜明けから日暮れまで働かされている日雇いの人や子どもたちが居ることや、食料がどんな会社によりどのような方法で作られ、どのような経路で店頭に並んだかまで、心を馳せて欲しいと思っていた。

美味しく食べている有名ブランドのお菓子の原料が、攫われてきた子どもたちの過酷な不法労働によって栽培されている可能性は、かなり高い。

作らず育てず、自分で殺さないで済むとは何と気楽なことだろう。屠殺場の見学は実現しなかったけれど、今も肉を買う時にはそのことを想い出す。

命を食べていながら想うのは、私が育つのに、どれ程多くの命が死んでくれたのだろう、ということだ。今からも命を奪わなければ私は生きていけない。生きるということは、何と切ない実存の悲しみの上に成り立っているのだろう。

大発生した命は食べられるために生まれてくる、とも言える。それなのに人間は命を食べるだけで、死んでも他の命に自分を食べさせないで燃やしてしまう。

命の掟と人の心はどう折り合いをつけたらいいのか、旧い土着の神話や宗教の仄かな起源に触れる想いがする。

TVで、美味しいおいしいと言って食べる番組を見かけるが、食べている命への想いを述べる言葉があれば嬉しく思う。動物愛護を言う人が、私に美味しい肉を食べに行こうと言う。養殖肉は「人工物」だから、命ではないかのようだ。

ただ、肉と違って野菜をたべるのに、命への躊躇いの心が小さいのはどうしてだろう。同じ命なのに私はいつも不思議に思っている。

近頃、私たち夫婦は家で肉を殆ど食べなくなった。それでも年金のお陰で飢えることもなく、ひと様に命を奪わせて、多くの命に死んで頂く価値が私にあるのだろうか、と思ったりしながら、食卓についている。

生きる喜び

知らずにこの世に生を受け、望まないのに死ななければならない。そして私の本能が死を怖がらせる。

「今までは、ひとの事だと思いしが、俺が死ぬとはこれは堪らぬ」。何とも言い得て面白い。記憶は正確でないが、よく知られる歌？である。だが死ぬのが怖いから生きているというのも寂しい。生きていて善かったという喜びがないと、生きるのも面倒になったり、苦痛にもなる。好きな英文を見つけた。

「I want you to be the best you can be」……。日本語では、どう表現したらいいのだろうか。「天から与えられた可能性一杯に、心が健やかに開花しますよう、手を合わせています」とでも言いたいのだろうか。

幸せを祈り次の世代に希望を託して先に逝く。私はこの短い言葉を書いた人の心の奥の、命を見つめる眼差しに限りない優しさを覚える。

私がこの英文を解釈したように、人の心でも言葉でも或いは宗教の経典でも、善く解釈しようと思えば限りなく美しく受け取ることができる。何であれ、そのように努めたい。

この言葉の心の解釈に、体の健康への願いを入れたものか私は迷う。体が不自由でひと様の世話になりながら、優しさと善意の心だけで、周りの人に幸せを与え自分も幸せな、こころ健やかな人も居るからだ。

命について先ず想うのは、私たちにはほかの命の存続を願う本能がある、ということだ。人でも生きものでも、命が死の淵から生きて帰ると大きな感動を覚える。

絶望的な状態の下に見守る中、命が救出されたときの震えるような感動が、その本能の存在を示している。更に感動するのは、助けようとして自分の命を落としてしまった人の行為を知った時だ。このことを主題にした物語は数多くあり涙を誘う。

人間だけでなく、他の命が生き返った時にも同じく感動するのは、命の繁栄を願う共通の本能が人や生きものにあるからだろう。

命には連帯する本能が備わっていると思うとき、私は自然の中で出会う生きものたちが身内のように思えて愛おしくなる。それなのに、他の命を食べないと生きられないという、悲しみも心に在る。

里村に住んで、多くの命を見ながら想うのは「命の継承」のことだ。ひとつの命から分かれて生き延びてきた命たちは、命の繁栄とその継続を祈りながら死んで逝く。

春の芽吹きを見ると、希望を託された新しい命が躍動する姿に心が浮きうきする。赤ん坊の動作が可愛いのも他の生きものの子どもが可愛いのも、死に逝く自分に代わって命が続いていくことへの、本能的な希望と喜びだと思われる。

私が学窓を出た頃、祖母に会って帰ろうとしたとき、祖母が寝床から起き上がり、正座して私をしっかりと見つめ、それから両手をついて無言のまま頭を下げ続けた。それは、命の継承を願い、限りない希望を私に託し、別れを告げる祖母の姿だった。

「生きて次の世代へ繋がって欲しい」……。これが生きものの最終的な祈りではないだろうか。牢に居る、死刑囚の親の心は想像するのも恐ろしい。

そして、生きていてくれたら更なる期待が膨らんでいく。それは「能力の開花への願い」であり、命の進化への限りない希望である。

赤子が立ち上がり歩き始め、自分で考えるようになり、自立して行く命の進化の過程を見るのは、親の最高の喜びだ。しかし親の情は子どもの私物化や能力以上の期待になり、愛という名の支配という言葉さえある。これらは私にも当てはまる。

不可能と思われることを、厳しい訓練によって成し遂げる能力を見るのも、命の大きな喜びだ。それが身体の不自由な人の場合、喜びはさらに大きい。

今の私は、アルツハイマーの妻ができないと思ったことが出来たり、記憶が少しでも戻ったりするのを見るのが新しい喜びとなっている。妻が自らの意思で、日々の頭の訓練に励むのを見たときの、私の喜びの大きさに驚く。しかし、その一方で、出来ていたことができなくなっていく妻を見る新たな悲しみがある。

卑近ではスポーツの技術がある。私の場合、テニスの下手な人が上手に球を打てるようになっていくのを見るのがとても嬉しい。これも命の能力の開花を見る喜びだろう。

しかし、私が最も嬉しく「生きている喜び」を感じるのは、心の優しさに触れたときだ。優しさは、相手をひとつの大切な命と思う心。周りがパッと明るくなる想いがする。

生きる喜びはひとの優しい心の中に、何気ない言葉や仕草の中に、日々の営みの中に、そっと潜んでいる。だから一寸した優しい心を、それに寂しい心も、見落とさず感じ落とすことのないよう、感性を敏感に保っておきたい。

そうすることが、命としてその人を大切にすることであり、生きる喜びを分ち合うことだと私には思える。

優しい眼差しの人、困った人を思い遣る心、命を慈しむ心、通りすがりの微笑み、旅先での親切な出会い、心が触れあう手紙、心で語りかけたことに心で反応して貰えたとき、そして連れ合いが微笑んで呉れたとき、日々を生きる喜びが沸いてくる。

憎しみは強烈な感染力を持つが、優しさも伝染し人を幸せにする。例え目が不自由でも、微笑む表情はこよなく美しい。心は顔によく表れる。命に優しいものは美しい。

一期一会、一寸した優しい言葉や心遣いが、孤独のときの苦しみを癒してくれるだろう。独り寂しいとき、たった一人でいいから心の温もりが傍に居てくれたら、生きる力を消さないですむ。大切な友人が命を絶った。私の心不足が悔やまれてならない。

特に心が喜びに満ちるのは、憎しみが恩讐を越えて、愛の心に変わっていくのを見るときだ。この世での至福の喜びとなって、命の希望を呼び起こす。

私は子どもの心に、優しさの芽吹きを見る程嬉しいことはない。勉強よりも健康よりも、優しい心で生きていくのが、幸せへの最短の路に思えるからだ。人を嫌う心を努めて排し、ほかの命への優しさを身に付けることを最上位に、生きて欲しい。

たった一回の生を、花が咲くよう夫々に与えられた才能を精一杯に開花させ、他の命を喜ばせ楽しませ、寂しいひとや命に寄り添い、自分も幸せになるよう願っている。

ひとではなくても、死んだ連れ合いの傍を離れない犬を見たりすると胸がつまる。そう感じるのは、私の心の絆の対象が人類だけではないのを示している。

生きものの生態をよく観ていると、優しい心に接する機会は以外に多い。情感は旧い脳にある共通の本能だから、優しさは人間だけのものではないのが分かる。生きものたちには「連帯する本能」があり、それを本能的な喜びとして感じるのだろう。

今までどれ程多くの生きものたちの、連帯の絆に援けられて私は生きてきたかを想う。小鳥さんや生きものたちや、水やみどりや花に囲まれている時、私は幸せだった。

振り返ると、多くの命たちが、私が生きるために死んでくれたのだ。そうならば、他の命に優しく努めよう。

私が出会った人たちのこと。私の人生の岐路には決まって心優しい人が現われて、私のために心を配り、生きる喜びを与えてくれた。心乱れることも多かったけれど、残された日々を人に優しく生きたい。そして優しい心を感じ落とさないように努めよう。

命の優しさを感じとれる、というのは何と嬉しい本能だろう。人が幸せに生きるには、進化した知能よりも、旧い脳にある連帯の本能が優先することを改めて想う。

人との繋がりの中で心が辛くなった時、最終的な心の拠り所は、命の大元の水とみどり、命豊かな循環の中に求められる筈だ。山や樹々や小川をはじめ巡り行く四季を想うだけでも心が癒される。

どんな勉強や仕事をするかではなく、どんな心で生きているかが大切だ、と昔の賢人もいう。周りの人の眼差しや心に優しさが宿ったら、この世は生きる喜びに満ちるだろう。

永い旅立ちのときに、薄れていく意識に浮かぶ喜びは……優しかった人の心、美しい山々、みどりの森や田んぼや生きものたち、キラキラ光る小川のせせらぎ……それはみな地球の循環が与えてくれた、命の故郷の姿なのだった。私は土に返り、新しい循環の旅にでる。

なぜ勉強するのだろう　――命と性の教育を含めて

親や社会の期待と負担で、私が学校で何を学んだかを考えていたら、恥ずかしくなった。なぜ勉強するのか若い頃によく考えていたら、もう少し納得のいく生き方ができただろう。

生きものたちは生物循環の輪の中で、みどりは有機物をつくり微生物は汚れを分解するなど、夫々の役目を分担し合って生きている。種は単独では生きていけない。人類もだ。

人類の分担としては、ほかの生きもののために、水とみどりが育む生物循環が豊かになるよう、人類の「進化した脳」を使うのが人類に与えられた使命、と考えたら、生き方や勉強や、仕事の選び方がすっきりする。

生き方の原点は、命の継続と繁栄と、循環の中にある筈だ。循環を豊かにする仕事、それを可能にするために勉強するのが善いのではないか。

現在、生物循環の輪が破壊されて、日に二〇〇種もの生きものが絶滅している。欲望を煽る仕事は生命環境を壊す、と他の命たちに代わって科学者が訴えている。

「命は連帯して生きている」という命の教育は、他の命や物を大量消費し、心が無機質な方に向かっている人間中心の今の地球で、特に大切だと考える。

幼児期の一～二年の期間を、「生物が循環する輪の中での人類の在り方に特化した教育」を行なうことで、命への豊かな感性が育ち、ほかの命との絆を大切にする心が子どもたちに刷り込まれることを期待したい。これは環境教育と同じである。

更に、思春期になったら、「命を引き継ぐため」のしっかりとした性教育がなされることが望ましい。この命と性の二つの教育は、通常の学校教育よりも何よりも、生きていく上に最も基本で大切な教育ではないだろうか。

受験に時間と心を奪われて、幼い心のまま、子どもたちが社会に出る結果、人やほかの命の幸せへの関心が育たなくなったのではないか。

命の大元の、水やみどりや命の連鎖など、命や地球の循環に関する勉強や研究や仕事をしていれば、人生に悩んだ時にも、他の命と伴に生きる喜びが支えになってくれるだろう。

環境問題も、科学技術では消せない汚れが溜まって循環が滞ってきたことにある。消費と汚染への理解は、今後を生きる上での基礎となる。

世界は既に水不足。例えば、下水道は水を土に返さず循環をバイパスさせて輪を小さくしているが、人間だけで水を使い棄て、命と水とを断ち切る仕組みとは言えないか。

大学に受かりさえすれば何学部でもいいというのでは、入学したら目的が消えて勉強に身が入らない。後々の生きがいまでを弱くする。目的のない勉強ほど退屈なものはない。

勉強の目的は刃物と同じだ。ほかの命に役立つためか、お金を多く得たいためか或いは権力か、目的の方向によって、社会の善にも悪にもなる問題である。

「命を大切にすることを基礎に置かない知性は凶器」となる。高性能の武器を次々に造り、敵対する両方に交互に売り込めば大きな利益になるが、間接的大量殺人と言える。

権力や名誉欲や見栄や金欲が目的だったらどうなるか。猛烈な勉強で「優秀な」成績を取れば、命が見えない無機質な心の人でも、社会を動かす機構のトップに立てる。

しかし、そのような人が指導者になれば、人の心は荒廃し、無理な消費を作り環境は収奪され、貧富の差は大きくなり犯罪も増えて、人や命を不幸にする。これも凶器だ。

頭脳の鋭い人がお金でお金を買うことに知恵を絞ったら、お金の価値はサイコロの目と同じく予測も立たず製品の価格も定まらず、政治も経済も生活も混乱する。

恥ずかしいが私は、高校や大学で遊んで過ごしたと言っていい。「一夜漬け」で単位をとっただけだ。したがって高校や大学での教育内容は全く身に付いていない。

特に、大学で遊べるのは、入学は難しいが卒業が易しいからだ。反対に本当に勉強したいと思う学生だけが卒業できるようにすればいいのではないか。大学に入りたがり、親も望むのは、就職時の資格だと思う。

就職に学歴の条件は不要ではないか。学力は入社試験で分るからだ。企業が採用資格から学歴を省けば、私のような「一夜漬け資格者」が減り親も社会の負担も大幅に減る。

会社は資格ではなくひとを採用するのだから、「相手の幸せを願う心」を条件にすればいい。その心がなければ入社教育をしても、心の篭った対応はできないだろう。

私は色々な仕事も見てきたが、企業や社会の仕事の殆どは中学教育の学力で充分ではないか。相当に高いレベルの学力だ。ここまでは身に付けたい。現に、私の学力は中学教育に及ばない。好きなことは後で自分で勉強すれば、勉強がとても楽しいものになる。

社会は生物連鎖と同じように、必要な仕事の連鎖で成り立っているのだから、仕事に上下はないことを理解していれば、卑屈にならないで生きていける。自分や親に学歴がなくても恥ずかしく思うこともないだろう。私の最も大切だった人は中学を出ていなかった。いま想うと、命を見る眼差しの人だった。

高校や大学を出なくても、生き方の基礎として、連帯し継承していくという、命と性の大元を理解していれば、ほかの存在の幸せを願いながら、安んじて生きていけるだろう。

勉強の目的は、「他の命をより幸せにするために勉強する」ことであり、生き方としては、「他の命がより幸せになり喜んでくれることを願いながら仕事をする」ということになるのだろうか。それは、生きる喜びを得るための技術でもあると考える。

みどりや小鳥や動物たちに、それに心優しい村人に囲まれて、命の絆の嬉しさを想う。私たち夫婦の、里山の日々の暮らしの中の、身近な生きる喜びである。

性と羞恥心と恋と愛 ―― 男の立場から

妻はどうだったのだろう。私は結婚するときにかなり不安だった。今まで知らなかった人と一生、一緒に暮らすという、思えば結婚とは大変な約束をするものだ。

一つの性と約束したのだから当初私は、他の性のことを頭から消し去る訓練をしなければならない、と悲壮なことを考えたりしていた。

しかし妻は、仲のいい友だちになったつもりの様子だったので、私は拍子が抜けたりした。このような頼りない状態のまま、異性同士が暮すことになったのだ。

気持ちのいい初夏、ベランダに出ると、向こうの森から小鳥の冴えた声が聴こえてくる。小さな体でどうしてあんなに大きな声をだせるのか。啼いているのは雄だ。

雄は自分の命の継承をひたすら願い、懸命に歌って声帯を発達させたのだろう。その誘いに対して雄を選ぶ雌の慎重さは、「石橋を叩いてまだ渡らない」ように見える。

雌雄の出会いは本能と本能、或いは心と心の真剣勝負のようだ。この切磋琢磨の関係によって、より優秀な子孫が次の世代に残されていく。命の掟である。

性を交えたい本能は、命にとって何よりも厳かで大切なものに違いない。野生の動物を観ているとそのことがよく解る。命の継承こそが命の本質なのだから。

人間の場合はどうだろう。卵子と精子の数から考えるなら、たった一個の需要と数億の供給の関係にあるから、無意識であっても女性の圧倒的な買い手市場となる。

男性は自分を女性に誇示し、あらゆる手段で女性を誘う。人間が他の命と違うところは誘う手段に、お金と抽象可能な言葉があることだ。この二つは、人間の新しい脳が生み出したものだが、種の選択にどのような影響を与えているだろう。

ひとを卑しめる書き方は好まないが、種を選ぶ自由をお金に換えるとしたら、お金は人類を退化させないだろうか。抽象可能な言葉の与える幻想も影響が大きい。

他の動物と同じく良い子孫を残すために、女性は優秀な男性をしっかりと選ぶ責務を負っているのは確かである。

無防備な姿を避けて性を守ろうとする女性の立ち居振る舞いが美しく優雅に見えるのは、優れた種を選ぶための優生を示しているから、とも思える。

羞恥心はどうだろうか。近頃は、恥ずかしさが薄れたとも言われるが、テレビのせいかも知れない。

「恥ずかしい……」、それは女性が男性を簡単に受け入れないよう、命の理が与えた本能の仕草と考えられないか。無意識にも体位が乱れたときに、女性が種の選択の自由を失う危険を察知するため、女性の脳幹にある、特有の大切な感覚ではないかと思う。

女性の心の優しさはどうだろう。胎児を守ることで命を大切にする本能に目覚め、相手を命として見るようになる。その心を優しいとするなら、優しさは命の継承には優性と言えるのではないか。子どもの育ち方にも大きく影響するだろう。

鳥の雌は美声や美しい雄を好むが、人は雄の方が整った容姿の女性を好むのが不思議だ。美しく見えるのが命に善いなら、容姿のいい女性は優性のはずだけど、よく分からない。私には優しい人の方が美しく見えるが、これも命には善いことに違いない。

不思議に思うのは、性は、命の継承にとって最も大切で善い事だから、多くの機会に真面目な話題になっていいのに、性の話になると、特に男性は不真面目になりやすい。

性の交わりの描写が氾濫しているが、書かれた内容は、一瞬の性の陶酔の部分に描写が集中し拡大されている。これでは性の交わりは命の交配ではなく、麻薬の陶酔にも似て、命を継続させる喜びの行為への美しい表現にはなり得ない。

日本人は自然や四季の移ろいを、こよなく美しい文章に表してきた。そうならば、性の交わりは命にとって、自然という循環の中での最高の営みなのだから、海よりも山よりも花よりも何よりも、美しい現代文や歌で書かれた性の描写があったら嬉しく思う。

思春期の子どもたちが読んで、性は素晴らしいものであり、それだけに性を大切に大事にしたくなるような、素敵な文章で書かれた本の出版を期待したい。

これも不思議だが、命は生きもののあらゆる原点なのに、普段の会話であまり話題にならない。命を話せば当然、死を考えるから忌み嫌ってのことなのか。

このような風潮が社会にあるためか、子どもたちは命や性を正面から考える機会が少ないまま大人になっていく。そして、戸惑いながらいきなり性を交えることになってしまう。命の存続を担う若者が、命と性についてのしっかりとした教育を受ける特別の機会がないのは、「生きるための重要事項」の抜け落ちではないだろうか。

命や性の文化の継承を受けないまま、受験勉強に時間を費やした結果、人や命の連帯への関心が薄れてしまったのではないだろうか。

「なぜ勉強するのだろう」にも書いたが、幼児期の一〜二年の間を、命に特化した教育期間とし、思春期に、命の継承の大切さに特化した性教育があれば善いと考える。これは通常の学校教育よりも、生きる原点として、人類が命を大切にし継承していくために最も大切な教育ではないか。命と性の交わりについての文章や教育の大切さを思う。

無知だった私自身、性も命のこともよく知らず、考えることもなく迎えた思春期の頃、私の頭の中で、女性は優しく天使だった。その裸体は心の中で光り輝いていて、想像するだけで胸が高鳴った。

思春期の性への想いは、あまりにも強烈な憧れとなって私を圧倒していた。それは命の継承への強い願望だったのだ。微笑ましいけれど、心もとない限りだ。

女性は、この強烈な雄の憧れを、卑猥な先入観で否定せずに、命の普遍的な心理として理解し、憧れが暴走する危険には警戒を怠らず、男性をしっかりと選んで欲しい。大学でテニスに悩んでいた頃、一緒に歩いていた女性がふと立ち止まって、キスをしてくれた。私を励ましてくれたのだ。私は、突然訪れた初めての感覚のあまりの甘美さに、立っているのも困難なほど呆然となった。めくるめくような感触と感激だった。

恋とは何と息苦しいものだろう。相手を無理に美化しようとする熱病というしかない。恋していることを「恋愛中」とも言うけど、恋と愛とは全く別の心の在り方だ。

恋を男の立場で考えてみた。恋は性を交えたい心理状態であり、いつ相手が逃げるかも知れない不安定な関係ではないだろうか。引き止めておくために、あらゆる努力をする。だが結婚して状態が安定すると、相手は契約上の「所有」という感覚になりかねない。逃げなければ相手を惹きつける努力をしなくなる。

宗教にも同じような危うさはないだろうか。形の上で信者になれば、結婚と同じく神を所有した気持ちにならないか。所持してしまえば、神との愛を深めようとする心も薄くなり、逃げない神は偶像となる。

男性は、女性を所有してしまえば「もの」にはものを言わなくなる。外での付き合いと称し、遅くなっても妻が寂しくはないか、思い遣る心も薄くなるだろう。

そして恋のベールの向こうに、無理に美化していた幻想が、ひとつ消えるにつれて恋は冷めていく。目の前に居るのは女性ではなく人間として見えはじめ、恋を愛と誤解していたことに気付いて狼狽するのだ。恋は確かに幻想的である。

しかし私は、この狼狽の時に愛の心が芽生え始めるのだと思う。愛の芽は、相手を煩わしく思い始めた心への苦しみや、心が届かない悲しみに宿るもののように思える。

相手を、自分と同じたったひとつの大切な命として見ようと自分を訓練し、心の成長と幸せを願い、心を添削し合い赦し合い希望を持ち続け、多くの時間を費やし合った後に、恋に代わる愛を理解できるように思う。したがって時が経つほど愛は深くなっていく。

性格が合わなくても希望を棄てず、相手が「心を語りかけてきたとき」に、上の空でなくしっかりと心で向きあってさえ居れば、心を分ち合うことに喜びを感じる夫婦になれるような気がする。

結婚して狼狽したり慌てたりしないよう、遅くとも結婚までに、或いは社会人になるまでに、相手を一つの大切な命として観る心ができていれば、愛への理解も易しくなり幸せも早く訪れると思いたい。

「生物循環の中での命の連帯の心の刷り込み教育」と、続く世代へ命と希望を託すため、「命の継承の性教育」の必要性を切に想う。生きているのが喜びとなるように。

自分で選んだ命ではなかった　――裁くな赦せ

ヒマラヤに登りに行った五二歳の時以降、命のことを考える時間が多くなった。それは、生きものの居ない高い山の氷の中で長い日々を過ごし、自らの意思で死との間合いを少しだけ詰めるという、私にとって得がたく大切な経験をしたからだと思う。

それまでも、死ぬことについてかなり考えてはいたが、いつか遠い未来の気持ちでしかなかった。その「いつか」が、八千米の高度では間合いの内側にあったのは確かだった。以来、歳月がめぐり八〇歳に近くなると、今度は私の意思に反して、死が間合いを詰めてくる。それで、旅立ちへの心構えに差し迫られるようになってきた。

「立つ鳥あとを濁さず」というか、旅立ちの日までに心の醜いところを少しでもきれいにしておきたい気持ちが強くなってくる。

そう考えながら日々を過ごしていたら新たな悩みが増えた。自分の心を改めて覗き込み、浮かんでくる想いを分析し始めたら、心の粗雑なところが鮮明に浮き上がってきたのだ。それだけなら大変好ましいのだが、心の感性を研ぐことで、ひと様の心までが浮き上がって見え、気になり始めた。これは醜い。

例えば、心の中から見栄を追い出そうと努めたら、見栄に敏感になるために、ひと様の心に潜んでいる見栄や狭さまでが、際立って見える。これでは粗捜しと同じだ。批判することが、心の醜さとなって私を責める。

マナーに煩いあまり、マナー批判が目立つ競技があるけど、聞いている方は息苦しい。ひと様のマナー批判は、マナー違反の筆頭かもしれない。

心を綺麗に整理しようと自分を批判したことで、自分の心の醜さが浮き彫りになり、人の心まで気になり始め、それが返って来て私を苦しめる。自ら陥った地獄といえる。

相手に善かれと思っての健全な批評は好ましい、と言うが簡単ではない。批判には人を貶める性質があるので、素直に心を受ける人は少ない。無理をすると絆を断たれる。

妻や子どもにも同じように、幸せを願っていても心を届けるのは大変困難だ。妻であり子であることが私の忍耐を難しくし、反発や萎縮を招いてしまう。

幸せを願う心に執着があると、心を込めた分だけ悩みが深くなり生きる心を削り取る。心への執着も、お金への貪欲と如何ほどの違いがあるだろう。

善いこともある。ひとの心の優しさも際立って見えるようになることだ。これは嬉しい。しかし、ひとの寂しさまでもが際立って、うろたえさせられたりする。

心の報酬を求める苦について釈迦は戒めているが、人の心が喜ぶのを当てにして自分が喜びたいと思うのは、確かに心をさもしくする。

私の心を別に苛むこともある。私に心を寄せ援けてくれた人たちにきちんと感謝の心を示さない前に他界されたことだ。心で受けた恩は心でしか返せないのに……。もし世話になった人の心を使い捨てたことになるとしたら、心ならずであっても罪はとても深い。この世に心の負債が残ってしまった。

種々悩んだ末に考えが浮かんだ。それは相手も私も、選んで自分に生まれたのではなく「偶然に与えられた命」、ということだ。これは誰についても、どの命にも言える。

私を嫌っている人に私は生まれる可能性もあった筈だ。そう考えたら、少しだけ落ち着いて自他の心を見つめられるようになった。しかし現実を前にしたら、満足には程遠い。心に浮かんだ最善の心の在り方は、宗教の教えにあるのと同じようなことだった。

「裁くな赦せ」。だが赦すという心も自我が強い。無我、慈悲、空、在りの儘……。自我を消した赦しとは、自分をも裁くなということか。私には最も難しい心の在り方だ。

人を赦さないなどと惨めな気持ちになりたくなくて、ひとの幸せを懸命に祈りながら、それでも心のどこかに、払っても払っても傲慢な顔や狡い顔が浮かんできて悲しくなる。煩悩の回路を断つ薬があればいいのになどと、情けない空想も浮かんでくる。

心をもっと単純化することはできないか、悩んだ末に、以前から社会への心構えとして孫に教えていたことに辿り着いた。

感情は知性よりも旧い脳に属するから、本能としては、幼子も大人の私の感情も感じ方に変わりはないことからの帰結だった。それは、命の幸せを願う眼差しと心を基本に……。「お願いします。有り難う。ご免なさい」の少なくとも一つを心や会話に添えること。三つの言葉は、人との会話や心や体が触れ合う時に、いつでも添えることができる。特にご免は最初、相手の気持ちに沿って謝るが、少し時を置き自分の意思として、もう一度謝る。そうすれば本当に謝ったと思ってくれるだろう。

自らの意思での謝意ならば、相手の心を癒す力は一〇倍以上になると思う。夫婦の間でもとても効力がある。相手が国の場合でも同じではないだろうか。

簡単なことだが子どもの頃に教わっていたら、私はもっとひとを喜ばせ、自分ももっと幸せに生きることができたと思う。宇宙の理に叶っているようにも思えるからだ。

勉強ができなくても何かの能力がなくても、幸せを願う微笑みと、三つの言葉が身につけば、何処でも誰とでも生きていけるだろう。眼は心の窓ともいう。言葉の通じない外国で、ひとの心が一番解るのは眼差しだった。

幸せを願う心で微笑んでいれば心が優しく溶け合ってくれるかも知れない。そうなれば激しい私の心も穏やかになり、思い煩うことも少なくなってくれるだろう。

心の負債を全部支払って永い旅に出るのが如何に難しいことか。今のところ、赦しには遥かな心境だけど、私には精一杯の旅支度である。

日常の食べもの　——男子厨房に入るべからず

ここに書くことは、所謂グルメの人には面白くないと思う。読んで下さると嬉しいが、読み飛ばして頂いた方がいいかも知れない。

里村に引っ越したら生活が自然に規則正しくなった。それまでの数一〇年、飛行機に乗って徹夜が多く、生活もホテル住まいが大半で食事も不規則だった。

何より辛かったのは時差だった。眠くて食欲のないときに食べなければならず、眠くない時に寝なければならず、ベッドに入って悶々とし、眠くなった頃に起きて空港に行き、飛行の前後を入れると一〇時間以上、生理現象に逆らって睡魔との闘いになる。

国際線を地球の東西に飛んでいると、生理時計での昼と夜の場所が何処なのか、分らなくなる。操縦席では眠くて少々だらしない格好でも済むが、客室乗務員は可哀想である。以前、アメリカの国際線の機長の平均寿命が六二歳と読んだが、さも有りなん。

眠いときに眠っていいとは何と幸せなことだろう。たまに、時差のない国内線が入るとよく眠れてほっとした。そして今、私は未だ生きて、七八歳をすぎた。

よくもまあ、体を壊さなかったとの想いがある。今では殆ど決まった時刻に眠って起きて食べられるので、食生活も落ち着いた。

移り住んでからの主食は玄米、それに味噌汁だ。気恥ずかしいが炊飯器だから、私でも玄米を炊ける。玄米を食べると自然によく噛むようになった。噛むほど美味しくなるのが不思議だ。噛むと脳細胞が活性化されるというので、アルツハイマーの病の妻の噛み方が少ないのを見ると、何か言いたくなる。自分の歯で噛めるのは嬉しいことだ。

恥を書くと私は、動物は歯を磨かないからとエベレストで二ヵ月、歯を磨かなかったら歯茎に炎症がおき次々に歯が抜け始め、医師に取り外しの入れ歯を奨められて慌てた。「カパ……」は嫌だ。それから歯医者さんに毎月歯石の掃除に通い、懸命に磨き始めたら、抜くのを奨められた歯が今も全部残っている。手入れして本当に良かった。

歯から血が滲む人や口の臭う人の歯茎は、溶けている怖い証だ。月一回のクリニク通いと歯磨きで現状維持も可能なことを、是非知ってもらいたい。

食卓に常備するのは、煮豆にひじきに小魚の佃煮の三種類がある。妻が今はまだ煮焚きできるカボチャと人参、冬にはほうれん草も常連だ。食卓にはゴマとノリと醤油、それに酢が置いてあり酢を玄米にかけて食べる。お寿司ご飯と思えばいい。

朝は野菜果物ジュース、昼は豆腐に魚を食べたりする。夜はサラダに枝豆にチーズだ。これはビールやワインのつまみ、赤ワインは脳に良いらしいので妻に飲ませている。

タンパク質は主に大豆で採る。肉より大豆の方が上質らしい。大豆は血管の掃除をしてくれて妻の脳にもいい筈だ。たまの外食に肉が入っているから、動物タンパクは、足りているだろう。昔、肉ばかり食べていた頃はよく熱をだしていた。

油で揚げたものを殆ど食べなくなったら、それだけで五キロも痩せて、ガンかと思った。夏、果物は近所で「撥ねもの」の桃を箱で買う。冬はリンゴだ。次の食事が不味くなるので間食はしない。甘いものは美味しいが、あとで血が濁った気分になる。

美味しいものを食べに行こうとの誘いに私は気が進まない。美味いものを外で食べた後、質素なものを食べて体調が元に戻るのに、三〜四日かかる。

空腹でないのに美味いものを食べたがる人がいる。そのために店では遠くの珍味を取り寄せて、食欲をそそるように料理を工夫させられる。けれど腹がへっていないのに美味しく食べたがるのは「命の掟」に反する。その報復が成人病だろう。

豪華なパーティーでの食事は確かに美味しいが、栄養過多で血が濁り、食べた後の気分が良くない。動物本能なのか私は腹がへったときに頭が冴え、体が生きいきとする。

私の子どもの頃、台所に入ると父に厳しく叱られた。「男子厨房に入るべからず」、そんな時代もあったのだ。それが刷り込みとなり、私は今も料理をする気になれないでいる。

妻が入院したとき一大決心で、幼い孫と一ヵ月自炊をしたが、年寄りにパソコンというのに似て、もう沢山である。独りになったらどうしよう。この歳になって困ったことだ。

私は自分で料理をせず、妻に「あんな面倒なこと」をさせて、料理に注文をつけることはしないし面倒もかけたくない。だから、妻には料理の手間を省くことを奨励してきた。その結果、お客さんを招こうとすると、出す料理がないと妻が騒ぎはじめる。

認知症の予防には料理が善いらしい。だからと言って、妻にもっと料理をさせておけばよかった、とも思わない。

妻に面倒をかけたくないので加えると、私はもう長年、朝と夕食の皿洗いを続けている。妻の皿の方を丹念に洗っているのに気が付いて苦笑する。皿を洗いながら思うのは、使う皿の多さだ。山登りを始めたら、使う皿の数はすっかり減ってしまった。

昔、駐在でイタリアに赴任した当初、住んだ所が街を離れた丘の上の住宅街だったので、レストランもなく英語も通じなかった。注文した私の車も中々届かず、街に行くのにバスに乗るのも億劫で腹を空かして我慢した。門番さんが心配して、時折食べさせてくれた。三ヵ月後に妻が来た時に、冷蔵庫にはビールとパンとバターが少し入っているだけで、私は痩せこけていた。

妻はよほど驚いたらしくローマの楽しかった話になると、今でもその時のことを言う。アルツの病が進んで妻が呆けてしまったらどうなるのだろう。

私が気力を失くしたら、二人で飢え死にする可能性もないではない。

第六章　私の夢　――　ユニセフほか

ユニセフの子どもたちへの想い　――草の根の支援はなぜ大切か

里村に移住するまでの私の生涯で、家族を別にすれば一番長いあいだ心と時間を注いできたのは、ユニセフ国連児童基金普及の夢に対してだった。

今は、世界の目がテロや経済不振に向いてしまっているが、次の世代を担う大切な子どもたちに、もっと注目が集まることを望んでいる。

半世紀以上も昔になるが、私の初めての外国の経験は全インドテニス選手権に招かれてカルカッタを訪れた時だった。私がまだ学生の頃だ。

その時、この街の貧困と貧富の差の印象はまことに強烈であり、この悲惨な状況を目にしたことが、以後の私の生涯に大きな影響を与えたのだった。

後に私は飛行士になり、インドやパキスタンから中近東を飛ぶ機会が少なからずあった。その滞在先には貧富の差が日常的にあって、外を歩いていて心が安まることがなかった。

この地域の貧富の差は、遠くは産業革命に端を発する列強の植民地政策によって生じた南北経済格差と、その国の内部の権力や欲望が生み出したものと言えると思う。

そして私が四〇歳を過ぎた頃、東南アジアに戦乱が起き難民が続出した。一度に何万人もの人たちが戦乱の中から国境を越えて逃げてくる。救済は短期間の内に対処しなければならない緊急状態である。

相当な知識をもたず、訓練も受けないまま現地に飛んで行ったのでは、足手まといになってしまう。私は何をしたらいいのか。

毎日のように難民の報道を聞き、救援機を飛ばすことを進言し計画もしてみたが予備の飛行機の捻出もままならず、救援物資を急に集めた経験がなく、現地に何が必要なのかその量も分からない。もし調達できて運んでも救援先の組織への日頃のつながりが無くては、物資が空港に山積みになり朽ちてしまうだろう。

私のしていることは、火事になってからお金を集めて消防車を調達しに行くようなものだった。緊急事態には間に合わない。自分の無力さに何かが擦り切れる思いがした。

この難民問題をきっかけに試行錯誤して行き着いた先が、ユニセフ国連児童基金だった。ユニセフは、貧しく生まれた子どもたちとその母親を支援しているが、一般に飢餓の問題への取り組みと思われているようだ。

南の国に食料が不足しているのは確かである。雨が降らないときは特に悲惨だ。しかし、写真でみるような、痩せ細った子どもたちの栄養不良の根本的な原因は、下痢やハシカやジフテリアや破傷風に寄生虫など、多くのありふれた病気を繰り返すことにある。

例えば、汚れた水で下痢を繰り返し、腹に寄生虫でも居た上に百日咳などで、熱をだしたらやせ細るのは当然で、栄養失調になり軽い病気や熱にも体力が耐えられずに、ホロリと死んでいくのが現状だ。その数は……、年にではなく、毎日数万人にもなる。

事故や災害で多くの人が死ぬと、詳しく報道されて後々まで語り継がれるのに、貧しい国では簡単な病気で、毎日数万人が死んでも報道されない。「日常化した緊急事態」である。緊急事態も日常化してしまえばニュースにはならない。

とりあえずその命を救うには、下痢を治し予防接種をして抗生物質を飲ませるくらいの教育と知識があればよく、直接的な費用はひとり千円に満たないと思われる。

最終的には、貧困にあえぐ人たちの自立と教育と、貧富の差の縮小とが目標になるが、とにもかくにも命を救うことが先決であり、予防接種などの基礎保険衛生と、命の大元である飲める水と初等教育の普及が鍵となる。

医者も高級な病院も必要とはしないのだ。と言うより、もし病院が在っても遠いし医者にかかるお金もない。このことは見落とされ易い。

さらに何とか生き残っても、三〜四歳までの幼児期に栄養が不足すると、脳が発育せず知的に障害を持ったり失明したり骨が曲がったりしたまま、一生ハンディキャップを負って生きていく。その数は毎年数千万人ともいわれ加算されていく。これも幼児期にヨウ素やビタミンAやD剤があれば防げるし、その費用はひとり百円単位の金額である。

「方法も分かっていてお金さえ出せば命を救えるのに、それをしないのは人類の恥じだ」、これは、あるユニセフ事務局長の言である。人類の無関心さを腹に据えかねたのだろう。

援助は発育期を逃したら取り返しは効かない。大人になってからでは遅すぎるし高くつく。予防接種をふくむ基礎保険衛生と初等教育と飲める水、それにエイズ対策が基本だ。

突発的な事態にも対応はするが、これらが本来のユニセフ国連児童基金の主要で地道な日々の仕事になっている。この子たちが正常に育つことが、世界の平和に結びつく。

これなら私たちが直接に係わらなくても、私たちの日常の生活の中で居ながらに、身近にあるユニセフを通じて、続く世代を担う大切な子どもたちと、それを育てる母親を支援できる。個人にできる範囲の寄付でもいいし、支援の普及に身を入れてもいい。

最後に、二〇世紀は世界人口が一〇〇年で四倍に増えるという、人口爆発の世紀だった。幼児の死亡率を下げたらどうなるか、という疑問に対し、幼児の死亡率が下がり初等教育が普及すると、出生率が大きく下がることを、特に付け加えておきたい。

——草の根の支援はなぜ大切か——

命を大切に思う日本の人たちが、困っている子どもたちやその母親の現状に関心をもち、「手弁当の草の根運動」を通じて優しい心が日本中に広がっていく。私の生まれた日本が明るく優しい心の人たちで溢れ、その心が世界に広がっていくのを想像する。

その心があらゆる困難な場面で社会を動かし、続く世代に平和な世界を残すことに繋がっていく。思い続けていればいつの日か夢は実現する……。

しかし、夢でもいい。命は連帯することに生きる喜びがあると思うから。無機質な生き方に社会が向いている今、人類に薄れかけた連帯の本能を呼び起こす必要性は、ますます大きくなっていくだろう。

時は流れ、里村に移り住んで役員も辞した。そして喜寿も過ぎ、送られて来たユニセフの年次報告を読んでいる。

資料によれば、経済大国と言われている国々の、ユニセフ国連児童基金への一人当たりの年間の拠出金は、大雑把だが北欧の国々の約一〇分の一だ。北欧でも突出しているのは、ノルウェイの一人約四五ドル。日本は三ドルに満たない。北欧は一人当たりのGDPが高いが、それにしても差が大きい。

金額は競争することではないが、その国の人の心の優しさとの関係が気になる数字だ。

私は国ではなく、この一人当たりの金額の方を大切に思う。総額なら人口が多ければ拠出金も多くなるのは当然だからだ。

けれども、年次報告書でも分るのは、一人当たりの拠出金の多い国は、政府の拠出金が多いことだ。これは政府だけの考えだろうか。

一人当たりの拠出金の総額は、ユニセフの子どもたちへ関心を持つ民意の数が、多いか少ないかの度合いを示す、と思えば分かりやすい。政府は多くの民意で動くからだ。

草の根運動の人たちだけで集めるお金は、多額にはなり難い。しかし、その地道な運動の姿を見ている周りの人たちの心にユニセフへの意識が刷り込まれ、多くの意思となり、国の中に民意となって広がり、政府を動かす。

日本でも、草の根の人たちの心や地道な運動は、例えそれを横眼で通り過ぎたとしても、草の根の人たちの心と画像は、通り過ぎた人の心に「感染」し、普段は何もしていなくても、ユニセフ援助の願いの手紙に反応したりユニセフカードを使用するようになる。心に下地がなければ、知らないことに簡単に反応はしないものだ。

子どもたちにはお金もだが、生きる上に必要なのは心の温もりだ。ユニセフを介しての、命の優しさの広がりを大切にしたい。その心は色々な形で現地に伝わっていく。生きる力と喜びを与えてくれるのは、見守り見守られている連帯の心である。夫婦でも、心の糧を与えないでご飯だけ食べさせて、相手は癒されるだろうか。

苦しいとき、ただ寄り添ってくれているだけでもいい。遠くにあって想ってくれている、という日々の心の支えだけでもいい。支えあう友人や隣人と同じだ。

子どもたちを想うことで育まれる心の優しさは、子どもたちからの贈り物でもある。その心はユニセフ支援に限らず、あらゆる困難な事態が起きたとき、人々の連帯の絆になって表れる。国と国とが親しくなるのも、草の根の心の交流による。

優しい心は草の根を介し、地味だが確実に社会に広がって行く。草の根の人たちの心の大切さがそこにある。貧富の差は今や先進国にも広がって、日本にも生活保護下の子どもたちが増えてきた。

日本が苦しい時、貧しい国の人たちが送ってくれたお金の額で、私たちは心の絆を計るだろうか。世界が無機質なお金に向かう中、命の絆を大切にする心優しい日本であったら、何と嬉しいことだろう。

草の根の人たちの運動を介して、日本の中に優しい心の広がりを望んできた私の想いである。優しい心と微笑みが広がっていく……。生きる喜びも広がっていく。

そして草の根の人たちは無給のボランティアであり、企業的な組織に属するのではなく、子どもたちの未来の幸せを願う集団に属し、心を同じくする同志である。

地方の支援活動の多くは、自発的であり独自の意識が原動力になっていることを、特に尊重しその心を大切にしたい。

草の根の人たちとユニセフの橋渡しの立場にいる人は、組織と言うよりは同志として、子どもたちのために連携し合い心を結集して欲しい。折りにつけ、その民意の心を政府に伝え、政府の拠出金がもっと何倍にも増えるよう、尽力を願いたい。

送金の方法にも工夫があるといい。多くの人の感想では、お金を送る人と子どもたちとの間に心の距離感があるようだ。より直接に送金したいと思うのは自然な気持ちだろう。最終的には日本の民間の総力として計上すればいい。南の子どもたちとお金ではなく、心の距離を近くするために、帳簿を工夫して形式でもいい、地方の協会からも直接本部に送金している形であれば、草の根の人たちの喜びは更に豊かになるだろう。その喜びは多くの周りの人たちに広がっていく。

ユニセフの活動は、突発的なことへの対応もあるが、地道に長きに亘って「子ども革命」ともいわれる原点にいつも帰って欲しい。

子どもたちへの関心の広がりによって、命の優しさが世界中に広がることへの希望を、続く世代へ託したい。

ユニセフと日本航空の絆　――ユニセフ航空の夢と回想

独りの小さな力と私の能力ではどうにもならない。夢を何とか大きく増幅したい。そう考えたら身近に日本航空という、頼れる大きな組織があるのに気が付いた。

航空機は世界中を飛んでいて人の目につき易い。世界中にある日航支店のカウンターもいい媒体になるだろう。

「世界の子どもたちを支援しよう」という宣伝に、飛行機は格好の媒体だと思えたのだ。私の所属する会社が、次の世代の子どもたちの幸せを祈っているとしたら……何と素敵なことだろう。働いていて何と嬉しい会社だろう。

旅先のホテルで計画書を書いては、フライトから帰ると本社に行って説明して回った。私は、役員が納得すれば会社はすぐにも動き始めると単純に考えて、あらゆる役員に会って説得しようと、「役員追っかけ」の日々を始めた。

「俺はお前の考えに賛同するが組織は人間の心とは別の生きものだぞ」……とある役員に言われた。言われると確かに、現代の経済は機械や設備の稼動に合わせて人間が働く構造になっている。組織もそれに連動しているので、人の心では動きにくい。

現代人の顔があまり幸せそうに見えないのは、心ではなく無機質なものに合わせて働いていることが大きな原因ではないだろうか。組織の中に居ると組織の意思に従わなければ、はみ出してたちまち生活にも困る。

しかし逡巡していたら何も出来ない。組織立って動くのが不得手の私は、諦めないで通うしかない。

本社で、役員が私を関係部に紹介するのに、「この人が来たら、早く言うことを聞いた方がいいよ。そうでないと、ウンと言うまで来るから……」と言ってくれたが、私はそれを心の篭った応援の言葉として、嬉しく受けとめた。諦めたら終わり、一度でも怒ったら終わりになることも学んだ。諦めず、腹を立てなければ物事は前に進む。

ユニセフと日本航空との絆は、個々のボランティア活動なども目立つようになり、社風にもなって醸造されていく。

例えば私は仕事柄、到着してから客室乗員の人たちと食事を交えながら話す機会が多い。その際にはどうしてもユニセフの子どもたちのことを、話題にしたくなる。

嬉しいことに、特に女性には母性本能があるからか、反応は早い。一寸話しただけなのに率先して、ユニセフ支援の活動は男女客室乗員の間にも大きく広がっていった。

優しい女性が大好きな私は、子どもたちへの心を同じくする顔見知りの彼女たちと飛んでいて、とても幸せだった。

日本航空の広報としての支援活動も大掛かりになった。そのひとつは、私にもとっても嬉しい想い出になっているので、書いておきたい。

世界フィルハーモニックオーケストラは、世界中から選ばれた演奏家たちの無償の奉仕でなりたち、年に一回開催される「夢の世界交響楽団」である。

公演の収益は慈善団体に寄付されることになっていて、一九八七年は一二月、日本航空が協賛して東京に呼んだ。寄付の先は、日本航空の希望でユニセフ国連児童基金である。グラントユニセフ国連事務局長もそのために東京へ来ていた。

併せて日本航空がオードリー・ヘプバーンさんも招いたので、その人気もあって盛大にひとが集まり、公演会は成功裏に終わったのだった。

帰りはグラントさんはアメリカに、ヘプバーンさんはイギリスに、殆ど同じ時刻に成田空港から東西に向かって発った。私はヘプバーンさんを乗せてロンドンまで送って行った。成田空港の出国の時に、グラントさんとすれ違ったので、日航機にユニセフマークを付ける夢を話したら、それはそれは喜んでくれた。

機上で私は、彼女にも日航機にユニセフマークを付ける夢の話をしたら、とても喜んでその実現に期待してくれた。

私はローマに住んだことがあるので、彼女の映画の「ローマの休日」のシーンの実際の場所を見てよく知っている。そんな懐かしい話の中、英語名が分らず「バケーションインローマ」と言ったら、それは「ローマンホリデイ」だ、と言われたりした。

その時にスチュワデスが写してくれた、操縦席での彼女と私の一緒の写真が残っている。それを年輩の男性が見ると嫉妬するので可笑しくなる。その頃はまだ、操縦席は乗客にも解放されていたのだ。

ヘプバーンさんはこの東京公演の一年と少しあと、女優をやめて一九八九年にユニセフ親善大使になって子どもたちの支援に力を発揮した。もしかして東京公演が縁で、彼女が親善大使になったのなら嬉しい限り。グラントさんと彼女は「素晴らしいユニセフコンビ」だったに違いない。

彼女の厳しい生い立ちがそうさせたのだろうが、献身的な生き方とその知名度によって、世界の目が困難な状況にあるユニセフの子どもたちに集まったことを思うと、会社がこの公演に併せて彼女を招いたことを、社員として心から嬉しく思っている。

しかし、残念なことに数年後の一九九三年に彼女はガンで死去した。ユニセフの子どもたちのことがさぞや心残りだったことだろう。僅かの遅れで日航機にユニセフマークが付いたけど、知らせは間に合わなかった。

その後、何とグラント事務局長までも、ガンにとり付かれてしまったのだ。ガンに侵されながら、日航機にユニセフマークが付いたのを知ったグラントさんが私宛に、有り難うの手紙を書いたことを知った。後にその手紙をユニセフ国連次長が私に手渡しで届けてくれた。グラントさんは死の前日も、ベッドでユニセフの子どもたちのために手紙を書いていた、とある。手紙に心を込めるのは健康な時でも疲れるし、時間を費やす。ガン病棟のベッドに起き上がって、手紙を書いているグラントさんの姿を想う。一九九五年に死去、七二歳。ヘプバーンさんの二年後だった。

ジェームス・P・グラントさん、心の温かい人だった。彼の書いた色々な文章を読むと、その優しさがよく分かる。このような立場にありがちな名誉心が全く感じられずただ一途に世界の子どもたちのことに心を砕いた人だった。

グラントさんの優しい心が考え出した「子ども革命」という、ユニークで素敵な政策によって、少なくとも数千万人の子どもたちの命や心身の障害が救われたと思われる。

私の生涯でのどんな表彰よりも、グラントさんからのこの手紙がいちばん嬉しい。ユニセフの子どもたちに代わって書いてくれた手紙だと思うからだ。

石油を消費する仕事に悩み、故郷に帰ろうと考えた時期もあったが、辞めなくて本当によかった。今も空港に行くと、ユニセフマークが付いている日航機が見られて、感慨深い。ただ……マークの位置が機首ではなく、あまり目立たないのが残念である。

――ユニセフ航空の夢――

もう一〇数年前になるが、日本で新しい航空会社が設立されることが決まった頃、妻と私が旅行中の飛行機内で、新しい航空会社の社長になる予定の人と乗り合わせた。その人はどのような印象の航空会社にしようか、と思案中らしかった。

そこで私は、世界の「子どもたちのフレンドリーエアライン」、というのではどうかと、ユニセフの子どもたちのことを話してみたら、それはいいアイディアだ。名前はともかく、「ユニセフ航空のイメージ」で考えましょう、と言われ私は舞い上がってしまった。

飛行機とそれに乗る客の心が、ユニセフの子どもを介して結びつく。こんな素敵な夢があるだろうか。私は乗客とユニセフの子どもたちを結び付けるアイディアや、経常利益の数%をユニセフに、といった提案の手紙を書いて、夢を膨らませて待ち望んでいた。

しかし彼は社長として、新しい航空会社の設立当初から苦しみつづけ、失意のうちにこの会社を去ることになってしまった。私の夢も去った。しばらく経って彼に会い、お酒を共にしたが、気の毒にすっかり元気を失くしていた。ユニセフの子どもたちのこと、済まなかったと私に詫びた。

それから数年後にこの世を去った。心優しいひとだった。

——私のユニセフ回想——

水とみどり豊かなこの里村に住んで、私の来し方を想い返して見ると、ユニセフの普及を願う生き方は私には過ぎた理想だった。私には欠点があったからだ。私はひと様の前で話をしたり組織だってひとを動かすには、性格が全く向いていない。

しかし私は、心の囁きに逆らえず踏み出してしまった。私の欠点を補うにはどうするか。私は新聞社やマスコミに行き、記事を書いてもらうことに重点を置くことにした。

嬉しいことに、実に好意的に多くの機会に記事として取り上げて頂けた。今見るとよくもまあ、と呆れるほど新聞や雑誌の記事が溜まっている。「貴方はユニセフの広告塔」、と言って貰えたのが嬉しく、子どもたちの役に立っていると思うと幸せだった。

何か依頼する時の心がけとして、最初のお願いの時と経過とお礼の最少三通、インクの自筆で手紙を書くのを自分に課したら、指に大きなペンダコができて、子どもたちと心が近い気持ちになれた。

地方の心優しいひとの所に行って普及をお願いし、先輩や級友の国会議員に国としての支援を頼み、昔運動担当だった記者の新聞社を訪ねて記事を書いて貰い、地方のテニスの好きな知事にお願いに行き、企業にいる先輩後輩に支援を頼みに行った。

昔、テニスに打ち込んでいたことが私を援けてくれた。テニスがこんなに役に立つとは思わなかった。有り難かった。

私が関わり始めた頃のユニセフ協会は、小さな事務所に数人の所員の小所帯だったので、それだけに身内の気分であり、私が何をするにも大変喜んで貰えたのだった。

大丈夫よ、と背中を押されてひと様の前やＴＶやラジオでの話を引き受けてもみたが、留守番電話に話をしているような奇妙な感覚になる。息苦しくなり脳が拒否反応を起こす。ホルモンの反応なのだろうが、今この歳になっても治らない。

面と向き合っていれば、相手に拘わらず心が行き来するので、息苦しくなることもないから不思議だ。飛行機の操縦もそうだが、何故こんな簡単なことが、と思うことが向かない人には出来ない。人には向き不向きがはっきりある。脳の化学反応の所為なのだろう。

ユニセフ協会が大きくなって役員を引き受けたのも、やはり、というか向かなかった。私は、ボランティアは旅費も宿代も自分で払うものだと思っていた。それだから私は自分で計画を立てて、自由にというかそれまで勝手に動いていたのだった。

性格だろうが、私の場合にはこの方法が最も集中できるし、何ごとにおいても、自分の能力を「自分で」引き出すには効率がよかったのだ。

私は役員、といっても無給だから、今までと同じように自由に動ける、と思っていたがそうはいかなかった。規定に縛られ、私の行動が俄かに窮屈なものになっていった。

窮屈が嫌で、出張旅費を返してみたりして経理の担当者を困らせた。アピールの文章も自由に書けなくなった。

私が不思議に思うのは、どのような団体や会社の会議でも、資料が前以て配られることは先ずない。国の大事な安全委員会などの席でも同じなのだろうか。

ユニセフの役員会でも、資料は席に配られてから初めて読むので責任ある発言は難しい。本能の囁きでは賛成したくないことでも、前以て相当に調べないで反対するのは無責任に思えてしまうのだ。これでは子どもたちのために働いている気持ちになれない。

私は役員ではあるが、地方の人たちと同じボランティアの気持ちで地方に行く。しかし、次第に仲間ではなく組織の代表と見られるようになり、つるし上げにも会った。

苦情を聞く役目が多くなり、最も辛かったのは「一生十字架を背負って生きていけ」、と言われたことだ。その場面を思い出すと、とても寂しい。

採用のことも考えた。無機質な製品相手の企業ではなく、特に子どもたちの幸せを願う心でユニセフに入ってきた人が、この仕事を生き甲斐として喜んで働けるよう、採用する側の人は、子どもたちを想う同志としての眼差しを持つことが大切だと思う。

生きいきとした身体にも似て心の循環を大切に、お金相手の無機質な病気にならないように丁寧に心を配って欲しい。そこに組織の未来がかかっているような気がする。

そしてこれは私の最初からの望みだったが、私の最大の想いは、ユニセフ国連本部への人材の登用にあった。素晴らしい頭脳と組織力を持った器量の大きい心ある人が現われて、日本でのお金集めに満足せずニューヨーク国連本部で力量を発揮し、子どもたちに未来に生きる喜びを与えて欲しい、というのが願望だった。

頭脳明晰な女性が身近にいた。その女性に、ユニセフ国連本部へ行き世界の子どもたちのために仕事をして欲しいと願っていた。しかしその矢先、彼女の周りの人も同じような考えを持つらしく、別の国連事務局のトップに望まれて行ってしまった。そして国連で、男向きの荒っぽい仕事だったにも拘らず、充分にその頭脳と力量を発揮した。

その事務局の仕事は大切には違いなかったが、ユニセフの仕事は母親が子どもを抱いている国連マークが示すように、母と子を援ける仕事である。同じ母親であるその女性には、将にこよなく似つかわしい仕事だと、私には思われたのだ。

しかし、日本からでなくてもいい。彼女のような人材が次々に出て、子どもたちの力になって欲しい。

ユニセフ国連本部の年予算は、二〇一〇年には約三七億ドル……。三〇〇〇億円しかない。比べる対象にしては恐縮だが、大きな企業の赤字の額の範囲である。

スペシャルオリンピック聖火運び

今住んでいる近くにはスキー場がいくつかあって、シーズンになると家族連れで賑わっている。私も三〇歳台のころ、スキーに執り付かれていた時期があり、しばしば家を空けるので妻の顰蹙を買っていたが、私としては妻と一緒に滑りたかったのだ。

運動があまり好きではない妻に、スキーの面白さを経験することで運動の喜びを知ってもらいたかったけれど、数回滑って転んだらやる気がなくなってしまい、私をがっかりさせた。

当時一緒に滑っていた子どもたちも、今では夫々に生きて寄り付くことも殆どないので私も自然に滑らなくなった。最近になって孫が遊びにくると、時おり滑ることがあるくらいだ。

そんな訳で、雪が降るとスキー場での想い出が甦ってくる。カナダのトロントで開催された、冬季のスペシャルオリンピックのこともそうだ。もう一〇数年前になる。

スペシャルオリンピックとは、知的に障害のある人たちのためのオリンピックである。大きな世界大会で、後に日本の長野でも開催されたから知っているひとも多いと思う。

この大会を日本に招聘した人たちの思い遣りの心を嬉しく思い、大変だったろう、設営の苦労に頭が下がる。

一九九七年に開催された、カナダでの冬季大会で、聖火を持って走ってくれるよう私に依頼がきた。私が六三歳になる年のことだった。オリンピックには聖火をリレーするのが付きものの行事になっている。

私になぜ走る役目が回ってきたのかは分からなかったが、私はユニセフ国連児童基金の普及に走り回っていたので引き受けざるを得なかった。と言うのは、ユニセフ基金を支援して下さっている多くの女性たちが、別にスペシャルオリンピックの日本支部を設立し、このカナダの大会に選手団を送ることになったからだ。

そして私に「聖火を持って走ってくれないならユニセフ基金の応援はしてあげないわよ」、と言うのだ。

この聖火を持って走る要請を引き受けたとき、私は飛行士の仕事は定年で降りていたが、ユニセフの子どもたちと日本航空との絆を願ってまだ会社に籍を置いていた。

私の夢の一つは、世界の困難な子どもたちを支援するフレンドリーエアラインとしての「日本ユニセフ航空」だったからだ。

このような経緯もあって、日本航空もスペシャルオリンピックに全面的に協力することになった。

私はユニセフが支援している南の国の子どもたちのことも想い出していた。貧しく生まれた子どもたちの幼児期に、ヨウ素などの栄養素が足りないと、脳に取り返しのつかない障害が残るのだ。原因は違うけど、スペシャルオリンピックの子どもたちも、ユニセフの子どもたちも、同じようなハンディキャップを負っているのだった。

カナダへの出発前に、私は競技に参加する子どもたちにも会って話をした。その時に気が付いたけど、私が心の中とずれた言葉を口に出すと、子どもたちがそれに反応するのだ。子どもたちはどうやら、言葉よりも心の動きの方が分かり易いようだ。私は話していて、心の底を見られているような心地だった。

普段、心が見えないのをいいことに、私が如何にいい加減なことを喋っているかを確認させられる想いがした。私はこの子どもたちの母親と、同じ障害のある子を育て、「大地」という本を書いたパールバック女史とが、心の中で重なって見えた。

私は選手達よりひと足先に、カナダのコリンウッドに向かった。コリンウッドはスキー競技の会場になっていた。

私はコリンウッドで聖火運びの準備に携わりながら、ギリシャからの聖火を乗せた飛行機の到着を待っていた。コリンウッドから、開会式会場のトロントの屋内スケートリンク競技場までは一五〇キロメートルとのことだった。

その距離を、聖火を灯した松明を持って走るのだ。普通のオリンピックでは大勢のひとたちが参加して、夫々が短い距離をリレーするのだが、この時の私たちの場合、リレーというよりは、私を含めた走者一〇人くらいがマイクロバスに乗り、その中の走りたい者が降りて走る。疲れたら伴走しているバスに戻って交代するというものだった。

私は一番の年長だったけど皆よりも元気だったので、真冬の生憎の天候の中を吹雪かれたりしながら面白く、喜んで走った。合計で何一〇キロ走ったろう。

沿線の村と村の間は遠く人家も殆どない。それに雪では誰も見ていないので張り合いがないらしく、猛烈な寒さなので、皆一寸走ってはすぐにバスに入ってくる。

しかし村に近くなると大勢の人たちが見ているので、皆が走りたがるから面白い。夫々記念写真を取り合いながら走った。

途中の村では村長さんの歓迎演説が延々と続く。マイナス一五℃位だろうか。薄着で走ってきた私たちは、震え上がって歯の根も合わない。村長さんは分厚いオーバーコートを着ていた。

ある村が近づいたとき、私に先頭に立つように言われたので聖火を掲げて村に入って行ったら、テレビのインタビューを受けた。そのように設えてのことだったようだ。

インタビューにはいつもしどろもどろの私だが、気楽にすんなりと話せたのも嬉しかった。ユニセフの子どもたちと同じような障害を持った子どもたちについて喋るのだから、考えなくても口がうごく。

聖火を持って走るなどめったにないことであり、想い出に残しておきたい場面だったが、その時のTVのビデオが手に入らないのが残念である。

一五〇キロメートルの道を延々と走って開会式の会場があるトロントに着いたら、日頃から私のユニセフ活動を応援し、私を「戦友」と呼んでくれている日航の役員が、後援者の代表として開会式に来ていて嬉しかった。

東京では、役員は忙しいので一緒にお酒を飲める機会もままならないが、聖火運びや開会式などの私の役目も終わったので、その夜は昔の平社員の時に戻って、久し振りに一緒に心おきなく楽しいお酒が飲めた。

彼には早く会社の激務を退いて、私たち夫婦と費やす時間を増やして欲しいと願っていたのだが、その後も仕事をつづけ心身をすり減らしてこの世を去った。私の大切なひとがまたひとり、私を残して逝ってしまった。彼の奥方のお気持ちを差し置いて、私は悲しみと腹立ちが半々である。

この聖火の伴走のことを想い返すと、気になることも少しはあった。ひとが一〇人も集まり何日も泊り込んで顔を合わせていると、夫々気質も人種も違うので、いろいろ摩擦も起きてくる。山登りのテントでもよくあることだ。

理由はどうあれ、この聖火リレーでも私に友好的でないひとがいた。私はせっかく出会って何日も一緒に過ごしたのに、このままにして帰りたくなかったので、役目が終わった時に話しかけてみた。

「もしあなたが日本に来たときに、あなたのような態度を、私が示したらどう思うか。知らない土地に来て私は寂しかった」と言ったら、一寸黙って聞いていたけど、にっこり笑って、「あなたの言うとおりだ。大変すまないことをした……」と謝ってくれた。

何と嬉しかったことか。話しかけないで帰っていたら、カナダでの今回のオリンピックの印象までがかなり違ったものになっていたと思う。これも生きていて得る幸せのひとつと言える。

私は、帰りの飛行機を待つ間、スケート競技の応援をしたり、またコリンウッドに戻ってスキー競技の応援をしながら、私自身スキーが大好きなのでカナダの雄大なスキー場をこれ幸いと滑り回ってから、選手たちより先に日本に帰った。

夢みるこども基金　――私の夢

南の国の子どもたちのことに携わっていたら、日本の子どもたちの夢を育てようと考えている新聞記者に出会った。

聞いてみると、全国の歯医者さんに、取り外した金歯銀歯の供出をお願いし、それを売却したお金で子どもたちの夢を育てたいという、夢見る記者本人の夢の話だった。

その話を聞いて思ったのは、私が飛行機で飛んで行った先の国で見ていた、子どもたちの歯のことだった。

特に貧富の差の大きな国の子どもたちは、その親たちもそうだが生まれて一度も歯医者さんにかかったことがなく、抜け歯だらけの口元をしている。

口臭もかなりだ。歯茎に炎症があるからだろう。そのままにして置いたら歯周病がひどくなって、殆どの歯は抜けてしまう。

そのような村には、未だに医師は居ない。ましてや、歯医者さんがいる筈もなかった。病気になったら、村の祈祷師に頼るしかないのだ。信じられないだろうが、世界にはまだ、そのような生活をしている人たちは多くいる。

この夢みる記者の話を聞いて直ぐ、私の心に浮かんだのは、日本の夢みる子どもたちと歯医者さんと、貧しくて歯の治療もままならない南の子どもたちの、三者を結びつけることだった。

南の国の無医村で、日本の歯科医や研修医による巡回無料診療を行って歯を治療し、それに日本の子どもたちを同行させ、厳しい実情にある世界の子どもたちと、心と健康とを分かち合えるようになったら素敵だ。これが記者の夢を聞いて芽生えた、私の夢だった。

無料診療のキャラバン車の提供は、自動車会社の元級友に電話したら、直ぐに乗り気になってくれた。子どもたちのための歯医者さんの無料診療運動が、世界中に拡がるともっといい、と夢は限りない。

しかし、機が熟さない前に言い出せば、夢は消えてしまうだろう。こういう時にいつも思うのは、私に切れる頭脳と組織力があったら、多くの子どもたちに夢を与えることができるのに、ということだった。誰か才能と器量のある人が、現われて欲しい。

どこの国であれ、次の世代を担う子どもたちの歯が健全で健やかに成長し、貧から抜け出すことができれば、世界は一蓮托生の現在、将来の平和に大きく貢献できる。

私は喜んで、設立から夢みる記者の夢に協力することになり、その記者の情熱によって夢の基金が本当に実現したのだった。

「夢みるこども基金」の活動は毎年、全国の子どもたちの夢を書いた作文の募集から始まる。基金の世話役はその作文に優劣をつけて選出するのだが、これは辛い。

子どもたちがせっかく書いた作文に点をつけるのである。私が果して子ども心を理解できるだろうか。一〇人位を選んだら、あとは落選させなければならない。私は小中学校の教師にはとてもなれそうにない。

第一回の時は、近所の安い宿に二泊して、渡された作文を何回も読み直し、心ならずも点数を付けて審査会に臨んだ。その席上、外部に頼んだ有名人の審査員が、子どもたちの多くの作文を前以て読んでこないで、その場でパラパラとめくり点を付け始めたのを見て悲しくなり、私の血が騒いで事務局を困らせたことが設立時の想い出となった。

その後、この情熱のある記者の努力によって基金も軌道に乗り、既に二〇年近くが経つ。私は毎年、どんな育て方をしたらこんな素敵な文章を書けるようになるのか、と思いたくなる心と夢を、子どもたちの作文の中に見出すのがとても嬉しくて、続く世代への希望をふくらませながら、空路東京から福岡へ通った。

そして、この親にしてこの子ありという想いを、素敵な母親に感じて好きになってしまうのが、また嬉しかった。

このように私は夢を見ていればよかったのだが、夢見る記者本人は、可哀想に思いがけない政治資金紛争に巻き込まれたりして、苦労の連続だった。今も苦労している。

この場合に限らないが、権力欲は悲しくもおぞましい。欲の強いひとの家族はどんな気持ちで一緒に住んで居るのだろう、と余計なことを思ってしまう。

同じく、設立時から記者の夢に賛同し心を共にしてきた歯科医の理事長が私に、もっと遠慮しないで想っている夢のことを主張しなさい、と促してくれたのも嬉しい記憶である。

里村に引っ越して空路はさらに遠くなって、私の老害のことも気になり始めたので後を託して辞任した。

辞任に際して私の望みは、夢みる子どもを理事に入れることだった。子どもの夢のことを決めるのに、オジサン理事だけでは頼りない。「こども理事の誕生という素敵な夢」が実現して、ほっとしている。

この子ども理事は、基金設立時の第一回の作文審査で、最優秀賞を受けた女の子だった。そして理事を務めながら勉強し成人し、この基金の縁だろうか歯医者さんになった。現在も理事を務めている。私の夢を引き継いでくれると……。嬉しいな。

私は今、美しい山々の麓の里村に妻とふたり、小鳥さんたちや親切なお百姓さんたちに囲まれて、「水と緑、いのち豊な美しい地球が続く世代に残る夢」を見ながら、静かな日々を送っている。

忘れていた空への夢の実現 ―― 幸せだった飛行人生

日本航空は当時大赤字の国策航空会社だった。出来の悪い私が採用されたのは、母校の人格的な地位にある先輩と、他校の先輩の好意ある推薦があったからだ。初任給では苦しくその日の支払いも滞る生活だったが親に頼ることはなかった。一九五七年の頃である。

お金も足りず物もなかったけれど、不幸せだった記憶はない。毎日が希望に満ちていた。三畳ひと部屋の寮では物の置き場もなく、買うお金もないので物に悩まされることもない。物を持たない生活は心がすっきりとして気持ちが良かった。寮母さんに言われて、敷きっ放しの布団を干したらモチを焼いたように膨らんで、暖かく気持ちよく眠れたのに驚いたりした。

私は最初、営業に配置されたのだったが、私のテニス人生最後のデビスカップの試合と入社時とが重なり、入社教育を殆ど受けずにいきなり仕事に就いたこともあって、切符を売るのを間違えたりして苦労した。

しかし、謝るのには向いていたらしく、お客さんの苦情を代わって引き受けては同僚に喜ばれた。喜んでくれた上司の一人は後に社長になった。

苦情の場合はお客から直接聞けば解るし、してしまったことは戻らないので言い訳はいらない。相手の心と打ち解ければいいから複雑なことは考えなくて済む。お客にも喜ばれたりするのが嬉しくて、仕事は幸せだった。

その後、職場が変わって運航の管理部門に配属された。だが管理業務は私には全く向いていなかった。忙しいけど気持ちは退屈で役立たず社員で、毎日肩身が狭かった。

しかし、先のことは分らない。その時に体験搭乗として小型訓練機に乗せてもらったことが、私の心に火を点けたのだ。

幼少の時期に小鳥さんと一緒に空を飛びたかったのが心に刷り込まれていたし、戦争中は戦闘機乗りになるつもりだったことを想い出してしまったのだ。

それから毎日のように上役の前に行って、「煩くてたまらんからやらしてやれ……」、と会社が諦めるまで「五百度！を踏んで」頼み込み、とうとう地上職から操縦士の訓練生になることを了承してもらえたのだ。

例がないので、凡て自分ですることになり、職種変更の稟議という書類も自分で書いて沢山の印を貰って回った。印を貰うときに励ましてもらえたりして、嬉しくなった。

訓練機は、日頃整備を委託している会社にあった単発小型機を使用することを進言した。私が早く飛びたがるので、その訓練機一機を独りで朝から晩まで飛ぶつもりか、と冷やかされたが、これは会社が希望者数人を加えて解決してくれた。

他にも熱心な希望者がいたのだから、もっと多くの人に声をかけてあげれば好かったと思う。飛行適性があり健康なら、社員の中の熱心な人は意気込みが違うからだ。

これで直ぐにも飛べると喜んだら、今度は私を受け持つことになった訓練部が、せっかく練習するなら宙返りのできる飛行機を捜してこいと私に言う。訓練生が自分の訓練機を自分で捜すという奇妙な構図になってしまった。

しかし無理を聞いてもらって操縦士への希望が叶ったのだ。私は懸命に走り回り、自衛隊訓練機の試作機というのをやっと見つけ、契約手続きにも自ら加わって済ませた。

その間、数ヵ月を費やしたので、早く飛びたかった私は、毎日空を見上げて悶々の日を過ごしたのだった。

会社という組織を考えると、この空への職種変更の方法はいささか異様な気がしないでもない。思い続けていればいつの日か夢は実現する、と私は思って生きてきた。しかし、私の思い入れだけで希望が叶う筈もない。

私の夢が実現したのは、委託整備会社の、私に好意をもってくれたテストパイロットの力添えが大きかったからだ。自分の事のように、あらゆる面で私を援けてくれた。

私はその人のことをその風貌から、まだ四〇歳位なのに、親しみを込めて「オジイ!」と呼んでいた。戦争で撃ち落されたり故障したりして、一九回も不時着したから老けたのだ、と言っていた。私の生涯の大切な人になった。しかし今はもう居ない。

こうして私の夢のような飛行訓練生活が始まった。私は早速新しくもらった乗員の制服を着て、私を会社に推薦してくれた人に、操縦士訓練生になったことを報告にいったら、目を丸くして喜びそして涙ぐまれた。憧れて海軍士官になり、南方海上に戦死した子息の制服姿と、私の制服とが重なって見えたのかも知れない。多分そうだと思う。

私が営業に居たときに好意を持ってくれていた上司も喜んで、お酒で盛大に祝ってくれた。想い返すと、人生の岐路になると不思議に、生涯大切になる人が現われて私を応援して下さった。いずれもひと様の厚意と後押しによって、私の夢は実現した。

最初からの人頼みでは援けて貰えないし、幸せも逃げていく。しかし、独りでは何事もできない。ひとの心を大切にする生き方を基本にしていれば路は開ける、と私は思っている。そして諦めない。諦めたら、可能も不可能になる。

飛行訓練は厳しいとも言えるが、私には楽しく嬉しい限りだった。辛かった記憶はない。辛かったのは、天候のせいで飛べない日に悶々としていたことだ。

飛んでいて、教官がもう降りようと言うと、まだ飛びたいと駄々をこねた。私にとって空を飛ぶことは、それだけで小鳥さんになったような幸せな気持ちだったのだ。

面倒な勉強も試験も、空を飛べると思えば苦にならなかった。目的のない勉強ほど退屈なものはないし学ぶ喜びもない。

それこそ天にも昇る心地で小型機を操縦し、今日はこちら明日はあちらと、飛ぶ空域を山の上にしたり海に行ったり、遠出の訓練の時などは小さな鄙びた飛行場に飛んで小さな鄙びた旅館に泊まり、夜は教官と和気藹々にビールを飲んでの楽しい日々だった。

天候によって行く先を教官に頼んで自由に決めさせてもらい、小型機を操縦して飛んで行く。こんな素敵な空の旅はない。今想い出しても胸が熱くなるほど懐かしい。

不粋なことを言うが、訓練費も旅館代も会社に払ってもらい、給料まで頂いて飛行機を操縦して旅をする。こんな贅沢なことがあるのだろうか……。

視界が悪くて飛べないときも飛行機に乗っていたくて、地上滑走の練習と称して教官に頼み、滑走路を端から端まで行ったり来たりした。航空管制塔も呆れたが、教官は呆れながら、とても喜んで私に付きってくれた。

定期路線を飛んでいる現役の乗員の何人かも、そのような私を見て、家に泊めてくれてまで私の勉強を応援してくれた。

楽しかった訓練も終わり副操縦士になった。暫くして、どういう訳か向く筈もない私に組合の委員の役が回ってきた。会社との団体交渉の席で、私の経緯を知っている役員から、「あれれ、君は飛行機に乗れたら、給料は要らないようなことを言っていたではないか……??」とからかわれ、以後の団交に出るのを遠慮した。私の性格では組合の委員はどのみち無理だ。人には向き不向きがある、とつくづく思う。

家族は、私がいそいそとフライトに出かけるのを見ていて、「仕事に行く」とは思えないらしかった。これは、私が定年で飛行機を降りるまで変わらなかった。

その間まだ若い頃に、親切な先輩機長の推薦によって、ローマの駐在という素敵な機会を与えられ、古代から現代までのヨーロッパ文明文化を体験できたことは、第二の故郷ともいえる想い出として、妻と私のこころの宝となっている。

最後の飛行には、私の大切な友人の役員も到着を迎えてくれた。日頃は私に寄りつかない二人の子どもたちも一緒に乗ってくれて、おまけにラストフライトのTVが入り、そのビデオまで記念に残り、私は幸せな飛行人生を終えた。

想えば敗戦後、日本航空の先人たちは他の企業に先駆けて、日の丸を背負って海外に進出したのだった。

そして日本航空の支店は、後に続く企業の海外事業の開拓を支援することで、敗戦後の国の立ち直りに大きく貢献したのだった。これは身びいきではなく、特に記しておきたいことである。

私が飛行機を降りた後も、日本航空は私の社外活動を支援してくれたので、入社以来、七〇歳の頃まで半世紀近くに亘る縁だった。

約半世紀の間、日本航空は私の希望を多々受け入れてくれた。嬉しかったのはユニセフを支援してくれたことだ。自分が働いている会社が世界の子どもたちの幸せに関心をもってくれている。社員として何と嬉しい会社だろう。

私がユニセフの普及で飛んで回る場合、航空券が足りなければ、別枠で制限なく航空券を出して援けてくれた。

エベレストへの登山も許可した上に、内輪の壮行会までしてくれた。エベレストは私に、生きものたちとの絆、命の連帯の本能を呼び覚ましてくれた。そのことが、私のその後の生き方に大きな影響を与えたのだった。

組織外で私が勝手に作った悪天候時の安全運行の早見表を会社は認め、全乗員に配ってくれた。今も役に立っていたら嬉しい。飛行技術ガイドなども自由に作らせてもらえた。最後の飛行の出発地には、ユニセフの草の根の奥方たちや、長年テニスやユニセフでお世話になった、テニス協会会長夫妻も見送りに来て下さった。

「お前なんか、地上に居たら課長止まりだあ……。機長でよかったなあ」、これは最後の飛行を出迎えてくれた日航役員の、何とも滑稽だが言い得て嬉しい祝いの挨拶だった。

多くの温かい心に出会えて幸せだった。多分手を焼きながらだったと思うが、私を自由に泳がせて支援してくれた日本航空に、有り難う！の心を残して逝きたい。

ユニセフマークが日航機についた

オードリー・ヘプバーンさんをロンドンに送る
この後、彼女はユニセフ親善大使になった

ユニセフのグラントさんからの写真を受け取る
中央は私の「戦友」

テストパイロットのオジイと

ラストフライトに乗ってくれた娘と

ラストフライトに乗ってくれた息子と

第七章　テニスは心の故郷

テニスと身内

引越しの時に見つけたテニスの賞状を妻が読んで、不思議そうに私の顔と見比べていた。賞状の内容と私の存在とが一致しないのだ。妻の心の中に私のテニスは存在しない。妻は運動競技に興味がなかった。なぜ一緒になったのかと言われるけど、知り合ったのは私がテニスを止めた後だった。それで私の家庭にはテニスの匂いがない。

引っ越して、まだ片付いていない家にお百姓さんがお酒を飲みに来た時、古く丸まった全国優勝の賞状があるのを見つけ「こんな宝物を何という扱いだ」と怒って、飾りなさいと賞状を入れる額を買ってくれた。

妻の姉夫妻が私たちの生活を心配して遊びに来た時にこのことを披露したら、他にもあるだろう、とこの義兄も額を買ってくれることになった。

妻や子どもが私のテニスに関心がないのと、幼い頃父が博士号と士族の額を飾っているのが厭でそれが今も心に残っていて、額を壁には架ける気にはなれない。

運動選手を好きでなかった父は、テニスに打ち込んでいる私のことが余ほど気に入らず、何であれ我が子が日本一になったら少しは喜びそうなものだが、全国高校で優勝して帰ってきたら、私に「お前は車夫になるつもりか」と、極めて非教育的な言い方をした。父は私のテニスを見たことがない。そのせいで母も同様だった。

父も母も医者で、私が生まれた頃の家には往診用の人力車と、車夫の人も家に居たから、そんな言葉が口からでたのだろう。後に私が好きでなった職業が飛行機を操縦することだったから、お客を乗せて運ぶという点で、私は父の予言どおりになってしまった。

母は私のことで学校から呼び出された時、子どもには好きなようにさせます、と答えたそうだ。大らかな人だった。私も母のように子どもたちを大らかに育てなかったことが悔やまれる。子どもにそのことを謝ったら、もう遅いよ！　と言われてしまった。

医師という職業柄か、私は父親がひと様に頭を下げるのを殆ど見ないで育った。それに私は森で小鳥を追いかけたり、独りで遊ぶのを好む子どもだった。

そのことがテニスも含め、妻や子どもや社会に、私の色々な負の影響を与えたと思う。幼児期に刷り込まれた心の在り方が、生きていく上に如何に大切なことか、私は自分の心を成人になって改めて見直し、自分の生き方に合うよう心を擦り合わせなければならなかった。多かれ少なかれ、親離れして生きていくには必要なことなのだろう。

私のテニスの足跡

平均寿命に届く歳になり、学校卒業以来、数一〇年遠のいていたテニスを、足腰の鍛錬のために又始めた。最後の日までトイレには自分で歩いて行きたいからだ。

テニスをした年月は短かったけど、私の生涯では大切なひと時だった。そして数一〇年経った今、私の性格を優しく赦し応援してくれた大切な人たちのことや、大学での挫折で悩んだことなどを想い浮かべている。いつしかテニスは私の心の故郷になっていた。

妻や家族は私のテニスの戦績を知らない。自分の戦績を書くのは見栄っぽく躊躇するが、精一杯だった私の、生きた証でもある。やはり逝く前に残しておきたい。

テニスの良いところは、相手がひとり居れば楽しめることだ。世界中すぐに友だちができる。折角テニスをするなら、それくらいには上達しておくよう、人にも勧める。

そして勝つことよりも打球の快感を知って欲しい。宇宙の力の理に叶って打てたとき、快く感じるのだ。たかがテニスかも知れないが、「打球の快感は生きている喜び」と言ってよい程の魔力があり、心が疲れた時には大きな助けになる。

テニスを楽しめるような平和な世界であって欲しい。私はそのことを心から願っている。

戦績

一九五一年（福岡高校二年）
全国高等学校テニス選手権　ダブルス優勝
全国高等学校対抗テニス　優勝
全国ジュニヤーテニス選手権　ダブルス優勝
国民体育大会テニスジュニヤーの部　優勝

一九五二年（福岡高校三年）
全国高等学校テニス選手権　シングルス優勝
全国高等学校テニス選手権　ダブルス優勝
全国高等学校対抗テニス　優勝
（三冠達成）

一九五六年（慶應義塾大学四年）
全日本学生テニス選手権　シングルス優勝
デビスカップテニス　日本代表

一九五七年（日本航空入社時）
デビスカップテニス　日本代表

1957年デビスカップチーム（左から2人目が私）

1956年デビスカップチーム（右から2人目が私）

私の恩人と高校時代

戦争の怪我で静養していた父が、地方の市立病院長を託され、家族も一緒に引っ越していった。しかし私だけは残って高校三年の間、卒業までひと様の家にお世話になった。

そこは病院で、私を取り次いで下さった人が、私を「いうことを聞かない子」と紹介したらしい。そしたら院長先生は、「それはいい、そのような子が大歓迎」と言われたそうだ。何と大らかな人柄だろう。

その病院では院長はじめ、家族から看護婦さんも賄いさんも書生の私まで、同じ食べものを同じ食堂で食べるという、大変自由で明るい雰囲気の家庭だった。

私は書生、といっても学校が終わればテニス倶楽部に行き、暗くなり球が見えなくなるまで激しく練習をして帰るだけの居候である。驚くほどの頭の高さだ。

猛練習で私の食欲がない、との奥方の心配に院長の処方は「おい一緒に往診に行こう?」だった。言われてついて行った先が何と、私には生まれて初めての酒場だった。

「飲めば治る!」。奨められるままビールを恐るおそる飲んだら急に腹が減って、出されたものを次々に食べた。以来、練習から帰ったらビールを飲ませてもらい、ご飯を沢山食べて私は元気になり体力も付いた。そして私は、生涯のビール好きになってしまった。

私がこの原稿を書き始めたとき、先生は健在で一〇一歳だった。つい先だって、医師会から長寿の秘訣の講演を頼まれ、「医者の言うことを聞かないでビールを飲み、気にせず好きなものを食べるのが長寿の秘訣」、と話したそうだ。

そして、この原稿を書いているときに一〇二歳で亡くなられた。晩年を一緒に過ごした愛娘さんから、亡くなる一時間前まで自宅で機嫌よくビールを飲んでいた、と聞いた。

講演での話の通り、ニコニコと好きなビールを飲みながら、この先生の人柄に似つかわしい大往生だった。私の大好きな大切な人が又ひとり、逝ってしまった。私はこの先生のことを、親しみと敬愛と感謝を込めて、「飲めば治る医者」と人には言っている。

学生時代、陸上短距離界の日本のトップクラスの選手だったこの先生に私は、丁度日本で開催されることになった「世界陸上マスターズ」の一〇〇歳部門に出場して、何とかのお土産に、世界記録を立てて欲しいと切望していたが、運悪く体調をくずされて実現しなかったのを、今もとても残念に思う。

私を預かった三年間、私がテニスをしている時間帯にはあまり心配はなかったと思うが、ほかの日常生活で、先生ご夫妻は一切小言も言わず自由にさせて下さった陰には、どんな心配や赦しや心遣いがあったのだろう。

ここの三年間の高校生活のお陰で、私は心身ともに健康に、私の大好きなテニスに心置きなく打ち込めた。先生ご一家は、私の人生の恩人である。

コートキーパーのひと

中学の二年生の時に私は軟式テニスを始めたが、学校にテニスコートはなかった。そこで同じくテニスを始めた数人と語らって、戦争中は芋畑にされて荒れていた校庭を耕し、土や砂を運んできて整地し、テニスコートを造ってしまったのだ。

そうしたら学校はいい平地ができたので、朝礼などに使用するようになった。雨上がりの朝礼でコートをボコボコにされ、抗議したのが今は懐かしい想い出だ。

その後、地元で国民体育大会が開催されたので観に行ったけど、競技場は満員で、背の小さい私には観ることができず、歩いて偶々硬式テニスの会場に行き当たった。そこで初めて見た硬式テニスの快音と華麗さに惹かれ、私は硬式に転向した。

進学した高校にもテニスコートはなく、中学の時に入ったテニス倶楽部で練習を続けた。私が練習熱心だったこともあって、倶楽部の人たちの親切な後押しと赦しに支えられて、自由奔放に練習をして過ごすことができたのだった。

雨が降っても雪が積もっても私はコートにいた。風が止んだので勇んでテニスをしたら台風の目の中だった経験もある。

雨が止んでコートから水が引いたら、まだコートが柔らかいのに勝手に飛び出して行って練習し、いつもコートを荒らしていた。

コートキーパーの人に何度も叱られたけど、私が言うことを聞かなかったので、ついに皆の前で殴られてしまった。余ほどのことだったに違いない。

それでも私はテニスがしたい一心で、また同じようなことをやっていたら、そのひとが、「あんたの根性はよく分かった。わしはもう何にも言わない。やりたいだけ練習しなさい。あとはわしが引き受けるから」……。

それからは、私が練習をしていると、いつも傍に来てじっと見守ってくれていた。私はそのひとのその眼差しを、今もはっきりと憶えている。

「何かわしにできることがあったら何でも言ってくれ、やって上げるから」……。

私が全国高校で優勝して帰ってきたら、我がことのように喜んでくれた。そして私が大学に進学して行くときに、テニスの相手をして欲しいと言われ、心ゆくまで相手をした。どうしておられるだろうか、会いたくて随分捜したけれど消息が分らない。既に九五歳を過ぎておられるだろうか。

今でも、その人のことを想い出しただけで涙が止まらなくなる。今これを書きながらもそうだ。だから人前では、そのひとのことを想い出さないようにしている。

優しかった鬼コーチ

敗戦後、戦前からのテニスの愛好者たちは「ジュニアーを育てよう」の合言葉で、子どもたちの面倒を見てくれていた。果せなかった夢を託したかったのだろう。

テニス一家が社長の大きな会社があり、テニスの相手をしてもらったが、社長は後に、日本テニス協会長になり、私はテニスだけでなくユニセフ支援でも大変お世話になった。

戦争に参加させられた多くの名選手たちもいた。戦死した人もいる。死に逝くときに、故郷のテニスコートを想い出さなかったろうか。そんな気がする。

私の通っているテニス倶楽部にも、戦争から帰ってきた名選手がいて、私の相手をしてくれていた。好意のボランティアである。

そのひとの勤める会社からテニスコートまでは四〇分くらいの距離なので、五時四〇分にはコートに着くのが当然だと私は勝手に決め、来るのが一寸遅いと「おじちゃん遅いよ」、と責めたりした。

どんなに才能がなくても上達するだろうと思われる程、私が練習しているのを見て呆れ、「お前は練習のやり過ぎだよ」、とせっかく目一杯練習したい休日に、無理に一緒に昼寝をさせられたりしたが、私は練習をしたくて寝ていられずに揺り起こした。今もその時の、眠そうな優しい眼が心に浮かんでくる。

腹がへったら、焼き芋を買ってきてくれたりした。電車に一緒に乗ると、周りのひとが聞き耳をたてる程、電車の中でまで熱心にテニスの打ち方を話して飽きなかった。テニス一途のひとだった。

福岡は東京より日暮れが四〇分くらい遅い。その分私は東京の人たちよりも余計に練習ができるので、少しでも競り合った相手には、次の年には負ける筈がないと思っていた。

その頃、現在のように夜間照明があったら、それこそ練習のし過ぎで、私は体を壊してしまっていただろう。

当時、テニス選手の憧れはデビスカップの選手になることだった。テニスはアマチュアイズムの牙城だったし、誰のためでもない自分のため、自費の許す範囲で精進していた時代だ。オリンピックはプロ化が進んでおり、テニスは種目になかった。

その後、その人は母校の大学のコーチとして招ばれていった。そしてそのコーチの元で、母校はデビスカップ選手を何人も出したのだった。

後になって、その人のコーチを受けたデビスカップ選手たちから聞いたのだが、選手の練習量が少ないと、コーチの前に並ばされて「ビンタ」を喰らったと言う。それを聞いて私は大変愕いた。確かめたけれど本当の話だった。

その人にも今ではもう会えない。生涯の大切なひとだ。

高校の先生たち

大学受験が近くなってきた頃、数学の教師が「今夜から、教科書を持って家に来なさい」、と言って下さった。

お宅に伺ったら、私の学力を心配しての、受験対策個人補習授業だった。私の数学担当でもなかったし、私がお願いしたのでもなかったのだ。

その先生は学校から自宅へ帰る途中、テニスコートの横を歩いて通り、私の練習を見るともなく観ながら帰っていたらしかった。

大学受験の本番で、似かよった問題が出題されて嬉しくなった。私は答案を書きながら、先生ご夫妻の顔が思い浮かんできた。

その頃の私はまだ、ひと様の親切をあまり感じない年頃だった。後になって想い出すと胸があつくなる。この先生ご夫妻にも今はお墓でしかお会いできない。

体育での柔道の時間、投げられて怪我をしたらテニスに差し支えると思い、私の体は健全なのに授業見学にすると言い張り、教師に何といわれても聞かなかった。体育の評価点が良いわけがない。教師はさぞ困ったことだろう。

今思い出しても、生徒に柔道を教える場合、教師は柔道の技術と心を相当身に付けていないと危険なことに思える。現在、柔道を取り入れている学校では大丈夫なのだろうか。

私には、山での岩登りや氷壁登りを教えるのに、似かよって見える。

私は戦時中一〇歳の頃、自ら柔道場に通っていた。その時仲の良かった乱取り相手が、空襲で焼夷弾の直撃を受けて死んだ。死ななければどんな未来があったのだろう。

高校を卒業する時、皆の思い出を寄せた小冊子が配られた。私は投稿していないのに、そこには私の名前で「高校生活で覚えたことは、酒に女に博打……」、といった内容が書かれていた。

私は教職員室に行って、配られた小冊子を全部回収するよう願ったけど、我慢するよう説得された。私はとても悲しく、せめて全校生徒の前でこの件を話して欲しい、と訴えたが通らなかった。

もし私がそのとき教師だったら、この生徒にどう対処しただろう。その頃、私の心の中で女性は女神だったのだ。私は今もお酒は好きだが賭け事はしない。そして優しい女性が大好きである。

命として考えるとき、自然の中で最も近しく大切な自然は、男の私にとって女性である。優しい女性がそばに居なかったら「生きているのがつまらない」、とさえ思う。

大学体育会での私

高校を卒業し入部した頃の大学の体育会は、「伝統」という仕来たりに重きをおく社会だった。それを知らない私は、もっとテニスができると勇んで入部したのだった。

以後、テニス部の青春を私が如何に過ごしたかや、私が仕来たりに悩んでいた時、私を慰め支えてくれた心優しい部員や先輩や同級生や、学校以外にも私を励ましてくれた人が居たことなど、今は微笑ましくなってしまった若い頃の私を記しておきたい。

私は念願のテニス部に入り、暗くなる前に雨が止んだので、一〇分でもいいから練習をしたくてテニスコートに飛んで行った。日暮れまでに時間がないので直ぐに練習しようとしたら、四面ある土のコートを全部手入れしてラインを引き、四面ともネットを張ってからでないと練習してはいけないといわれ、練習できずに帰った。

学校のコートまで行くと暗くなって練習時間がなくなる時に、別のコートで練習したら規則違反になった。

奇妙に思ったのは、「義務練習」という、練習をしなければならない日があったことだ。部員の練習量は、私にはとても少なく見えていた。

好きで、とにかくテニスの練習をしたい私は、種々の制約の前に戸惑うばかりだった。何かを「すれば怒られる、言えば怒られる……」、といったところだ。私はその窮屈さに耐えかねて、早やばやと五月、郷里へ帰ってしまった。

この時のことを私に好意的な先輩が「あの時お前は部を脱走した」と表現した。その時は親切な先輩の骨折りで、私は部生活に戻ることになった。慣れない仕来たりに悩んでいる私に、気を配ってくれる先輩も居たのだ。

孤立しがちな私を、同じテニス部の友人が心配して、家に来ないかと誘ってくれたので、侘しい想いをしていた私は下宿を出て、有り難く友人宅に世話になった。そしてこの友人とは生涯の仲になった。その彼も今はもう居ない。

けれども、コートに行っても気が散って練習に身が入らず、私は音楽喫茶に入り浸たるようになり、タバコを吸いはじめ、よくないお酒も飲むようになった。心の脆い青春期のお決まりの堕落コースである。私のテニス熱は驚くほど急激に冷めていった。

バイオリン奏者に転向できないだろうか、と私の大好きな無伴奏バイオリンソナタなどを聴きながら思い悩んでいた。二年生の夏が過ぎてもその状態が続いていた。

それを見かねて、著名なテニス一家の父君が「朝の一番電車で家に来なさい」と言い、私に練習を付けてくれることになった。妙な言い方だが一風浮世離れしている父君やその家族の元で、練習中私は浮世を忘れていられたのだ。

そこでの練習中に腹が減ったらトマトが出たので、トマトは嫌いと言ったら、それ以来トマトしか出てこなくなった。私がトマトを食べるようになったのは、そのお陰である。今もトマトを食べると父君の顔を想い出す。

薄れた覇気が心に戻ったわけではなかったが、このテニス一家の雰囲気が好きだったし、私は父君の厚意が嬉しくて練習に通った。私への無償の奉仕だったのだ。有り難いことに、この時はテニス部も私のことを黙認してくれた。

結果私は、この一家のお陰と、私に好意を持つ人たちのお陰で、技術的には全く不満足ながら、デビスカップ選手に名を連ねることができ、全日本学生にも勝てたのだった。

この一家とはこれを書いている現在も、その頃の想い出とともに、言いたい放題の口論の度に親しみが増す間柄になって、嬉しく行き来している。父君は既にいない。

しかし高校時の私の覇気を知っている人には、その頃の私のテニスは何とも物足りなかった筈だ。私は突然テニスの打ち方を忘れ無様な試合をしたりした。一度芽生えたテニスへの嫌悪感のためかも知れない。期待していた人たちに今も申し訳なく思っている。

学校の授業では、勉強のできる級友が心配し私の勉強を援けてくれた。試験期になるといつもその友人の家に泊まりこんでいた。いわゆる一夜漬けの連続だった

その両親は私を「非常識なひとねえ……」といいながら、それは親身に気を配り面倒をみて下さった。生涯の友人となったが、両親も彼も今はもういない。

高校以来、私のテニスだけでも、多くの人たちが私を心配し見守り、事ある毎に援けてくれた。私が脱落せずに過ごせたのは、この人たちのお陰である。

危なっかしく見ていられなかったのか、或いは私の性格に好意を寄せて下さったのか。私が困難な時には、決まって私を援けてくれる人が居た。私は何と幸せな人間なのだろう。私は好かれるか嫌われるか、どちらか極端になり易い。しかし私自身はいつの頃からか、自分からひと様を嫌わなくなっていた。

そうなれたのは、私を大切にして下さった多くの人たちの、思い遣りと赦しの心に触れる幸運に恵まれたからだろう。大切な心の贈り物である。

私の生涯で、テニスだけでなく他の場面でも多くの人たちが私に好意を寄せて援けて下さった。なん度でもお礼を言いたいこの人たちの面影が心にずっと残っている。思い立って私は、一人ひとりにお礼を言いたく旅に出た。

だが「お礼を言いたい時に相手はなし」、殆どのひとが他界していた。「岡留は恩知らず」と思いながら逝っただろうか、そうではないかも知れないが、何とも心が落ち着かない。

取り返しのつかない辛い想いがこの世に残った。

テニスの練習の再開

ヒマラヤ登りを諦めるから、という妻との約束で山々に囲まれた地に移り住んだ。車で麓まで行けばすぐに登れる距離だ。だから山登り日和には心が騒ぐ。

こんな素敵な山の直ぐ近くに住めたので、今度こそ私は「本当の山」を楽しむことにし、都会的な遊びはしないつもりでいた。しかし移り住んだ当初、美しい白い雪の山は妻には仇だったのだ。そんな訳で、雪山の好きな私は山に行きにくい。

けれど山を観ているだけでは運動不足になる。私は血が勢いよく流れていないと、心も体の調子も優れなくなる。そんな時、運動不足の解消に手っ取り早いのは、やはりテニスをすることだった。

山梨にテニスの友人が居ないので、デビスカップの友人の紹介で、テニス大好きの大変元気な奥さんと、甲府に近い室内コートでテニスができることになった。その奥さんの夫がお医者さんなので、慣れない土地で病院捜しをせずに済むのも有り難い。

練習を始めてみたが、私は打ち方をすっかり忘れていた。それに週一回の練習では足りないと思っていたら、私とテニスをしたいという、昔の私を知っている人が現れた。

彼の入っている倶楽部のテニスコートは素晴らしく、車の道から登った森の中にあり、周りは別天地だった。多くのコートと明るい室内コートが三面もある。宿泊施設もあり、美しい山々だ。彼が色々と算段し、私の古い友人の紹介もあり、法人の会員に入れてもらえた。そのお陰で彼と一回にたっぷり三時間、基礎練習ができるようになった。

妻はいつもテニスコートについてくる。だがコートの周りの散歩にでると、アルツの病のために帰ってこられなくなり、とんでもない遠くから携帯電話をかけてくる。

練習を始めたけれど初心者と殆ど同じ状態だ。こんなに下手では私に期待した彼にも、法人に入れてくれた皆さんにも申し訳がない。やる以上は、上手くなりたい。

テニスの本をよんだが何が本当の基本だか。意識しないで打っているのを、頭で意識に変換して文章にするから無理があるのだ。

宇宙の力の理に叶って打てた時には本能的な快感となる。生きるのが苦しい時でさえも「生きる力を与えてくれる程の喜び」と言っていい。最少のエネルギーで最大の速度の球が飛び、疲れない打ち方である。その動きは美しく単純な筈だ。何とか解明したい。

上手に打てないのに、勝負だけに拘る人が多いけど、この打球の快感を知ったらテニスの嬉しさも疲れもまったく違う。勝っても負けても、爽やかで幸せな気持ちになれる。

残念なことに、この素晴らしいテニス環境にある倶楽部が経営難になった。今は市営のコートで練習をつづけている。また一人、とても上手で親切な人が相手をしてくれるようになった。私の技術も上がるだろう。

運動の快感　――血の循環の喜び

永い旅立ちの日に備えて足腰を鍛えておくことが、妻や周りの人たちへの思い遣りではないかと思う様になった。旅立ちの数日前まで、自分で風呂にも行きたいと思う。しかし私の膝はかなり痛んでいて、葬式での読経の時間の経つのが遅いこと。

これでは旅に出る前に歩けなくなる、と案じていたら、膝の手術は簡単だというテニスの友人に勧められてその気になり、手術を受けた。面白く思ったのは、患者さんを優しく世話している看護士さんが女神のようで嬉しく、入院中に少しも退屈しなかったことだ。ここでも、命に善いことは美しく見える。ひとの優しさもそうだ。

医師の忙しさは異様に思えた。「私たちは輪番でお休みを取れるけど、お医者さんは休みも中々取れなくて気の毒です」、これは看護士さんの言である。

退院後は、手術した膝が壊れそうで大人しくしていたら、運動不足で脳が重く憂鬱になってきた。身体中の血が澱み身体が内部から腐り始めたような心地だ。

体には五〇兆余の細胞があり、毛細血管はその一つひとつに栄養分を配り、細胞の出す排物を静脈に渡す仕事を受け持っている。その毛細血管の長さは一〇万キロという。こんなに細長い血管の流れが滞ったら、細胞にも血管にも汚れが溜まりドブ化する。要するに循環が滞るのだ。滞った状態が成人病であり、循環が止まった状態が死である。

やはり体を動かして、血管の中のドブ浚いが必要だ。速や足で二〇分も歩けば血の流れも加速され、脳に送られる血の量も増えて爽快な気持ちになる。一時間も運動を続けると汚れを捨てた細胞が生きいきと甦る。排便の快さも重要性もこれで理解した。

エネルギーの消費と汚れを最少にしながら生きるとき、宇宙の理は快感を与えてくれる。歩き方も走り方も、エネルギー効率がよく消費が少ないほど美しく見えるし疲れない。

健全なのに運動したくない人に私は、「血管や細胞内が綺麗に掃除された後の爽快さ」の喜びを是非経験して欲しいと思う。その爽快さは循環の喜びであり、体の循環が宇宙の大循環に連なっている喜びでもある。単純な幸せ、だけど大きな幸せ感だ。

妻も自然の中での散歩を心から楽しむようになった。散歩をした後は爽快感があるらしく、「体を動かす喜びが分かるようになってきた」と言う。近頃は、私が運動不足になると妻が気にして、私に運動してきて欲しいとしきりに言うようになった。

私の手術した膝は一年経ってもまだ少し痛む。正座はとても無理だ。テニスは何とかやれるようになった。医師の言うように、半月盤が余ほど痛んでいたのだろう。

しかし私は傷が治れば戻るが、体の自由が利かない人のことはどう考えたらいいだろう。私に代わりこの人たちが不自由を背負ってくれているのかも知れない、と思ったりする。

第八章　至福のとき ―― 野生の熊さん、小鳥さんに遊んでもらう

熊さんに遊んでもらう

（農作物を荒らされる農家や人身の被害も報じられる中、私の行動を好ましく思わない人も居ると思うと、この話を書くのを躊躇するが、野生の生きものへの限りない私の郷愁として、どうぞお赦し頂きたい）

父が七八歳で逝った後の数一〇年、夏になると九州の母が信州の涼しい高原にやってきて、私たちと過ごすのが慣わしになっていた。晩年は松本空港のおかげで、母は来るのが楽になった。

最初の頃は、母を慕ってくる患者さんに遠慮して休暇も一週間くらいだったのが、信州にすっかり魅せられて、九〇歳を過ぎたら一ヵ月以上も夏の信州を楽しむようになった。

その頃には定年になっていた私も、母と、それから長年母の世話をしてくれている妹も一緒に、長逗留をするのだった。

それはまた、年老いた母親への孝行の意味からも、また私の母と仲の良かった妻にも、とても善い時の過ごし方だった。

どこでもそうだが、その地に長く滞在すると、数日では経験のできない素敵な出会いがある。

いつものように、弁当を作って皆で近くの山に遊んでいたら、遠くに熊の姿を見つけて驚いた。こんな所に熊が出没している……。危ない。これが私の小さい頃からの熊にたいする先入観だ。新聞や風潮を見聞きするかぎり、普通の人たちの熊への感覚も同じようなものだろう。

その反面、熊のプーさんや縫いぐるみなどは、おとぎの国の夢として、多くの子どもや大人たちも、熊にたいして別の親しみがある。私も子どもの頃から、おとぎの国の中では猛獣たちと仲良く遊んでいたのだった。

しかし現実には、人が熊に襲われて怪我をしたり死んだりしているのを聞くので、やはり「熊は恐ろしい生きもの」という印象が心に刷り込まれている。

そうして過ごしている内に、この高原に、熊の姿をよく見かけるようになっていった。動物たちは食べものについて回るのだから、熊の食べものがある山の環境の方が変化したのだろう。

散歩のときには、家族にも周囲に充分に気を配るように言い、笹薮などが揺れていたら直ぐに逃げるように、とも伝えていた。初めのうち、熊への対処といえばこんなところだったのだ。

しかし、熊の数が増えたのか、だんだんと熊との間合いが縮まってきて、結構ひんぱんにその姿を見かけるようになった。

そうしたある日、林の傍で休んでいたら、一〇メートルほど先の笹が小さくガサガサと揺れ始めたのだ。最初はその笹の揺れ具合から、離された飼い犬かキツネかウサギだろう、くらいに思っていたら、笹の上に黒い耳がチョコンと突き出した。そしてその後になんと熊の顔が現われたのだ。

動物園で見るほかに、私はこんな近くで熊を見たことがなかった。熊との間に障害物は何もない。私は毛穴が逆立つ思いがした。

熊も一瞬、驚いたのかじっとこちらを見ている。少しのあいだ見合った後に、熊はふっと首を回して、ゆっくりと笹の中に消えていってくれたのだ。

私も体から力が抜けたけど、熊と目を合わせているとき、何かしら熊は私に何ら敵意を持っていないように感じたのだ。私の動物的な感覚として間違いない。

これが、私の何となく嬉しい「熊さんとの初のお見合いの場」になったのだ。この経験で、私の熊にたいする仮想の敵対心はかなり薄れてくれた。

それからは、歩いていて熊を見かけると、熊が敵意を持っていなければ嬉しいな、と思いながら相対するようになっていった。

それに、高原で見かける熊さんは、そんなに大きくはなく獰猛な感じもしない。親熊でも大人が四つん這いになったくらいである。

普通の人の印象は、熊は大きくて獰猛で、人間をみたら後足で立ち上がって襲ってくる、熊といえばみな同じ。そんな感覚ではないだろうか。

私も今まで何も知らなかったし、おとぎの世界を除いた熊の印象は、人を襲う北極熊やヒグマも何も、みな同じだったのだ。ここに居るのは「月の輪」という名の熊で、好意的な説明によると熊の仲間では小さくて大人しい、とある。

月の輪熊と北極熊とは大きさが違うし性格も大きく異なる。犬でも大人しい大きなのもいれば、小さいのに噛み付く犬もいるのと同じだ。

私は子どもの頃から犬が好きで、犬に近寄っていくときに試したことがある。それは、私の心の持ち方を変えると、犬の反応が全く違ったものに変るということだ。

こちらが心を優しく保っていると、犬の眼が優しくなる。そこで犬に対して心に一寸敵意を持ってみると、犬がさっと硬直するのが、首や尻尾の動きなどでよく分かるのだ。

熊さんも同じだろう。そう考えてから私は、熊に行き会ったら、優しいこころと優しい眼差しで接するようにした。

以前に読んだことのあるムツゴロウこと、畑正憲さんのことを思い出す。猛獣相手に、あそこまで心を委ねることが出来たら私も嬉しいと思う。

とにかく、行き会ったときに熊さんの機嫌が悪かったら、好い子だヨシヨシ……と優しく語りかけながら、ゆっくりと後に下がることにしている。声の調子で熊さんはこちらの心を理解してくれる。これは動物だったら当たり前のことで、そうでなかったら生きものたちは共存できない。

大切なのは、後ろを向いて逃げたらいけない。熊は逃げた生きものを追いかける習性があるらしい。驚いて声を上げるのも、その声を敵意と間違えて襲ってくるから危ない。

私は、野生の生きものと仲良くなるのを、生きる上での大きな幸せと思っているので、それからは高原で朝早く起き、熊さんと仲良くなりたくて、会いに出かけるようになった。とやかく言う人もいるので恐縮だが、いわゆる「熊さん追っかけ」である。

そのつもりで歩き回ると熊さんにけっこう会えるものだ。熊が怒ったりしない間合いまで、敵意を持たずに近寄って行ってくと、それ以上は近づいて欲しくないという熊の意思を感じとる。そこに止まり、「ふたり」ゆっくり素敵な時間を過ごすのだ。

熊さんは蟻が好きなので、ぺろぺろと舐めながら時々私の方を見るが、間合いを詰めなければ敵意は全く感じない。少なくとも月の輪熊さんは、人間を食べものとしては見ていないようだ。

ただ、カメラは気に入らないらしく、私がカメラを取り出すと熊さんの動きがピタっと止まるので、残念ながら近くから写すのは無理である。

よく森の中の樹に登っているところを写すのだが、暗いのと熊の体が黒いのとで、真っ黒な写真になってしまう。フラッシュは嫌だろうとも思ったが、どうしてもいい写真が欲しくてフラッシュで写したら、熊さんは忽ち樹から滑り降りて去ってしまった。

以来、熊さんは嫌がるし、それに三メートルも離れたら光が届かず、役に立たないのでフラッシュはやめた。

たまに、明るいところの樹に登っている熊さんに行き会ったりするが、そんな時に限ってカメラがなく、息せき切って走って帰りカメラを持って来たら熊さんの姿はもうない。

何に驚いたか、熊さんが猛烈な勢いで林の下の笹の中を走るのを見た。どうして立ち木にぶっつからないのか。熊の路を走っているのだろうか、いずれにしても熊に追いかけられたら逃げるのは無理だと私は理解した。

ヒュッテの夜、規則には違反するがバナナの皮を庭に捨てた。ゴミ袋に入れて捨てると焼却されてしまうので、これくらいの量なら土に戻してあげたいと思ったからだ。

そうしたらその夜、庭でガサガサと音が擦るのでベランダに出たら、何と直ぐ下に熊が来ていたのだ。夕方庭に放ったバナナの皮の匂いを嗅いで来たのだろう。

私は、餌付けをしたつもりはなかったので、まさかこんなに早くバナナの匂いにつられて熊が来るとは思わず、野生の動物の嗅覚の鋭さを今更のように再認識させられたのだった。私はベランダも高いので、母も一緒に皆を呼んで熊を見せた。懐中電灯の光を当てても平気で食べている。

この時ばかりは、何としても写真に収めたくて、私はフラッシュで写したけど、それでも知らぬ顔だった。夜と昼では光への反応が異なるのだろうか。しかし、相当に近いと思って写したのに、やはり離れていたのだろう。ぼんやりとした熊さんの輪郭に、眼だけが二つ光って写っていた。

熊さんと会う機会がこんなに多かったのに、近くから写した鮮明な写真が一枚もないのはとても残念だけど、熊さんの可愛らしい仕草などは脳裏に鮮やかに残っている。

餌付けすれば熊さんに会える誘惑はあるけれど、私はそれ以後バナナの皮などを捨てることはしなかった。

殆ど忘れてしまった野生の命との連帯の心へ郷愁。野生の熊さんに遊んでもらえる素敵な場所が地球上の、それも近くにあるというのは何と幸せなことだろう。妻も熊さんをみると「可愛いかわいい」、というようになったのが嬉しい。

家に帰ってくると高原の熊さんを想い出して、また直ぐにも会いに行きたくなってしまうのだ。

しかし、こんなに多くの熊さんに会えたのは数年の間のことだった。確かに、あんなに熊さんに会えるというのは、人間に近い場所では普通でない。経験のない人たちにとって、熊はやはり危ない存在だと思う。

心に少しでも警戒心や怖がる気持ちがあったら、私のような行動は危険なので、お奨めはできない。

近頃は、どこの山でも鈴の音やラジオの声で賑やかだ。鳴らすのは、大勢の中の一人だけで好いと思うのだが、私は熊さんの気持ちになって逃げていく。

その後も高原に行くと私は熊さん追っかけをしているが、まれにしか行き会えなくなってしまった。会えなくなって私は寂しいが、熊が居なくなったのには人間さまの都合など、それなりの理由があるのだろう、と思っている。

母は九五歳の時、信州で転倒骨折したが、その後も信州通い、患者の診療も続け、百歳まで頑張ると言っていたが、あと半年で百歳というところで力尽きた。

小鳥さんに遊んでもらう

私の幼いときの夢は、大きなおおきな網の囲いを造って、その中を生きものたちの楽園にし、小鳥さんやリスさんたちと仲良く一緒に住むことだった。

夢の網の大きさは、広さ四～五〇〇坪、高さ二〇メートルくらいだったろうか。その網の中で一日中、可愛らしい命たちと遊ぶことを空想していた。

その頃は、学校が終わると森に飛んでいって、学校の友だちも親のこともすっかり忘れ、ひたすら小鳥さんや小さな生きものたちの後を追いかけていたのだ。

幼ければあらゆる言葉への本能も鋭く、小鳥さんたちの啼く声の意味もかなり理解できるようになってくる。

そうなると、小鳥と話がしたくて啼き声の真似も自然に覚えるから、小鳥が寄ってくるようになる。もう嬉しくて、今想い出してもその頃の自分が愛おしい。今は歳をとって、私の歯には隙間があり、啼き真似が上手にできなくなってしまった。

それにしても小さな小鳥は、どうしてあんなに大きな声を出せるのだろう。異性に選んでもらおうと体一杯、それこそ「命を賭けて」懸命に啼いている。

森を歩いていると、小鳥が私に興味を示して梢から急降下して私の頭をかすめていく。かすめていくのは、一緒に遊ぼうよ飛びなさい、という意思表示のように私には思えるのだが、多分当たっていると思う。

手の届くくらいの所の小枝にきて、頭をクルクル回しながら、円らな目で私の顔を覗き込んでくれたりする。その親しげで私への興味津々の眼の可愛いこと。部屋に居ると窓を覗きにくる小鳥は意外に多い。

家に入ってきて出て行かず一晩泊まっていった子もいた。梁に止まって毛繕いしているのは怖がっていない証拠である。私にとってはもう至福の時だ。

小鳥たちと遊ぶことばかり考えていると、いつしか自分も鳥のように大空を飛びまわりたくなる。布団の中で、助走して懸命に空に飛び上がろうとするけど体が浮かず、手足をバタバタしている夢は、数え切れなく見た。そして生涯の夢の中でたった数回だがついに大空を飛ぶことに成功したのだ。

その気持ちの好いこと。飛びながら私は、これは夢の筈だけど実際に飛んでいるのだから夢ではない、などと夢の中で考えながら大空を飛んでいたのだから、私にしてみれば現実の体験と同じ想い出である。

こんな素敵な夢はない。同じように目が覚めたら私の生涯も夢だった、ということもあり得るだろうか。それもまた面白い。私は、夢の中で夢から目覚めたことがある。

もし、夢の中での願望が生物の進化に関係しているのなら、腕が翼に変化する要素が私のDNAに少しだけ仕込まれた筈だ。私の「夢進化説」である。

生きものの進化に関する本もかなり興味を持って読んだけれど、あまりに無機的な論はどうも味気ない。鳥さんたちは、飛びたい飛びたい、と思っていたから飛べるようになったのだ、と考える方が私には自然な気がする。

人間でも、飛びたいと思い続けていると、そのように体が変化して、一千万年もすれば羽が生えて飛べるようになる、と信じている方が楽しい。

近頃は飛び上がろうとする夢を殆ど見なくなった。飛行機を降りてしまったせいかも知れないし、歳をとって進化の力が薄れてしまったのかも知れない。

子どもの頃は、子育てをしている小鳥の巣を見つけると、ヒナの巣立ちを見届けたくて毎日まいにちそこに通った。

巣の近くに居続けて家に帰ることもすっかり忘れてしまい、薄暗くなって小鳥たちの動きが静かになってから家路に向かい、真っ暗になって家に着く。いつも母親の安堵の顔と父親の小言が待っていた。煩い小言の裏にどんな心配が隠されていたのだったろう……。

しかし、現在のような誘拐や、理由もなく知らない大人に殺されたりする、殺伐とした世の中ではなかった。親の心配は怪我くらいのことだったのだ。

ともあれ、小学校低学年の子どもが何処に行ったのかも分からず、暗くなっても帰って来ないのでは親の心配も極まれりだ。

そんな風だったから、森や林で巣から落ちたヒナにもよく出会う。一時間も経って親鳥が現われなかったらそれをよいことに、ヒナを連れ帰って育てていた。

懐いた小鳥の可愛いこと。私を親と思い込んで私にまといついて甘えてくる。今思うと刷り込みである。

だけど、至福の時はそう長くは続かない。元々小鳥さんは短命なのだ。その上どうしても、ひとや犬猫への警戒心が薄くなって、放し飼いにするには無理がある。けれど野生の小鳥が、放し飼いにしても帰って来てくれるから私には宝なのだった。

そしてある日突然帰ってこなくなる。私は夢中になって、大人たちが諦めろと言っても聞かずに何日も捜し廻った。諦めた時の私の悲しみや寂しさは、大人には解るまい。

そこで考えたのが、大きな網の中に一緒に住むことだったのだ。逃げられないようにではなく、小鳥たちに安全で私も悲しい想いをしないで、仲良くするためだ。

大きな網の中なら鳥たちの恋も繁殖も可能である。小鳥たちだけではなく、網の中にはリスさんや可愛らしい生きものたちも住んで欲しかった。私の夢は、喜寿を過ぎた今も変わらない。

カモさんに遊んでもらう

冬になると、日野春から車で一時間ほどの信州に、シベリアから何一〇羽何百羽の数の小白鳥たちが渡ってくる。場所は安曇野の川の畔である。小白鳥に会うのが楽しみで妻と私は待ちかねてでかけて行く。毎年冬の慣わしになった。

最初、諏訪湖の近くの川に行っていたけど、川辺の葦が切られて隠れ家がなくなったのを嫌ってか、小白鳥さんが寄り付かなくなり世話する小屋もなくなった。

安曇野にも小白鳥を世話する会があって私も会費を払っている。理由は手伝いと称して、パン切れを小白鳥さんに投げてあげる楽しみがあるからだ。

面白いのは、小白鳥の餌付けにあやかって、多い時は千羽、或いはそれ以上ものカモが小白鳥たちと一緒に居ることだ。私たち夫婦は小白鳥さんに遊んでもらうつもりだったのに、小白鳥よりもカモさんの方が私たちに近寄ってくる。安曇野に行く目的の比重がカモさんに移ってしまった。やはり懐いてくれる方が可愛くなる。

昔から白鳥は人間が親しんできたので、寄ってきても不思議でないのだが、より馴れていない筈のカモたちの方が寄ってきて、妻や私の手から餌さをねだるのだった。

戦時中、カモは得がたいタンパク質だったから人間は天敵であり、カモには近づくことも難しかった憶えがある。このカモさんたちに餌さをやりながら一寸悲しいことを想い出した。それは、敗戦後の街で占領軍の兵士が、手に餌さならぬお菓子を持って、お菓子をねだって集まる子どもや大人をカメラで写していたことだ……。

私にとって、野生の鳥が懐いてくれる、これはもう桃源郷の世界だ。懐いてくれるのは餌さを上げるからではあるけれど、人間でも同じようなものだと思えば気が楽である。

野生の生きものは刷り込みで、えさを貰ったことを忘れないかも知れない。人間はお金が無くなったら「ポイ」ということは……そんなことはないだろうか。

妻や私が歩く後からカモたちがぞろぞろと付いてくる。中には、私を独り占めにしようと他の鳥を追い払うのがいる。

妻は、カモが大きい鳥なので、怖々ながらも大喜びである。野生の鳥さんと遊んでいる妻の姿は私の心にも宝物として刷り込まれている。写真も沢山残してあげた。

移り住んで以来、私の写真は殆ど無い。妻のものばかりが貯まっていく。いつもふたりだから自然とそうなってしまうのだ。

鳥のインフルエンザとやらで、近頃は小白鳥の居る川辺への路に消毒用の液体の入った箱が置いてあり、そこを通って出入りするようになっている。

鳥のウィルスが発生して以来、餌付けが歓迎されなくなり始めた。野生の鳥さんたちに遊んで貰えなくなるとしたら、何と寂しいことだろう。

指にとまるヤマガラさん

日野春の家からそう遠くない素敵な渓谷に、妻と妹と遊びに行った。お昼になったので茶屋に入ったら、その店の人たちは小鳥が好きらしく、周りの樹には巣箱がいくつも架けられ、テーブルの近くには餌台も置いてある。

このような時、私は店のひとに話しかけたくなる。小鳥の好きな人同士、すぐに親しくなれるのが嬉しい。

話題はいくらでもあるが、やはり私の子どものころの夢の話をしたくなってしまうのだ。大きな網の中に小鳥さんと住む話、小鳥さんを育てて懐いてくれた話……。

上の樹にヤマガラが来てとまったので、私が口笛を吹いて話しかけていたら、店の女性がそのヤマガラの名前はピーちゃんだと言った。

私は驚いて、ヤマガラさん個々に名前を付けて見分けられるのかと、内心羨ましくなりながら聞いたら、名前はみんなピーちゃんだとのことで安心した。

個々の見分け方を教えてもらえるのかと一瞬思ったのでがっかりもしたのだ。そして、ヤマガラはピーナツが好きで、餌さを見せると手にきてくれると言う。

野生のヤマガラさんが手に来てくれる、と聞いてしまったら、私はもうその誘惑には、とても抗し切れるものではない。

通常だと、警戒して近づかない筈の野生の生きものが向こうから寄ってきてくれたら、これは、私にとって、生涯で最大級に大切な至福のときになる。

私が子どもの頃、拾って育てた小鳥のヒナが、私に懐いて付きまとっていた記憶があるために、今でも小鳥さんが私の手や肩にとまってくれる夢を見たりする。

茶店の女性にピーナッツをもらって、ヤマガラさんが姿を見せてくれるのを樹の下で待っていた。運よく、程なくして頭の上に数羽のヤマガラさんがやってきた。

野生の生きものは、相手のこころの状態を敏感に察するし、そうでないと生きていくことは難しい。だから好意を持っている私の心が分かるように心の中で、いい子いい子好きだ好きだ、と私は語りかけながら手元にきてくれるのを笑顔で待つ。

長年の感覚から、小鳥さんがもう来そうな顔、と言うか表情は私にはわかる。首を傾けたり体の動きとか、枝をちょっと移ってみたり……。はたしてやってきた。

意地悪をするのではないが、ピーナッツを銜えてすぐに飛んで行かないように、ピーナッツを少しだけ強くつまんで持つ。そうすると、小鳥さんは懸命に餌さを引っ張るので、その分長く手にとまっていてくれるのだ。

この至福の時を写真に撮れるひとがいないのが誠に残念至極。妹が写してくれたけど、ピントが外れていた。口惜しい……。小鳥の動きをある程度は知っていないと、シャッターをいつ押したらいいのか、瞬時のことだからとても難しい。それに普通の自動小型カメラでは、小さな小鳥にピントが合いにくいのが難点である。

日頃から自分の写真は殆どない私だが、この、小鳥さんが手に来てくれる写真だけは、野性の生きものと私との「命の絆の証し」として、どうしても欲しい。

そのとき一緒の妻や妹の写真は私が写して上げた。ピントはずれているけれど私のより遥かにいい。一番欲しい私の写真がない。妻や妹の写真が羨ましくてたまらない。

それ以来、私はピーちゃんに会いたくて、その茶屋に妻と、度々でかけて行くようになった。しかし中々気に入った写真がとれない。

春になり若葉が芽吹いて虫が多くなると、ピーちゃんは私の手のピーナッツには興味がなくなる。小鳥さんの本来の食べものは虫なのだ。それでも私は未練がましく出かけて行き、ピーちゃんがいつも来てとまるモミジの樹の下のテーブルに　妻と一緒に腰掛けて手打ちのソバを食べながら、「私の恋人」が来るのを待っている。

店の女性に、「ここにくる人で、小鳥を好きな人はみんないい人」と言われた。嘘でも嬉しいいし、私は本当にそう在りたいと心から思う。

山路では、鹿さんによく出会う

熊さんに敵意はない

カモさんに遊んでもらって、ご機嫌な妻

カモさんに遊んでもらい、至福の私

餌さ台にくるシジューカラさん

妹と妻の手に来たヤマガラさん

岩ツバメの雛 ―― 孫娘との想い出

山路を車で走ると、色々な生きものが路上にでてきて妻が大喜びをする。鹿、かもしか、猿、狐にタヌキにイタチ、可愛い猪の子どもやリスも飛び出してくる。

生きて出て来てくれたらいいけれど、死んで路上に横たわっているのにもよく出会うのが痛々しい。それは多分、夜中に路に出てきたら、車のライトに照らされて、何だか分からずに竦んでしまい、撥ねられてしまうのだろう。

死んでいても縁だと思って私は車を止めることにしている。後からくる車に轢かれないよう、土に還るように、近くの林の中に移してあげると少しだけ心が和んでくれる。

小鳥さんは、車にぶつかることはめったにない。しかし季節になると、巣立ちをしたばかりの小鳥のヒナが落ちているのにはよく行き会う。

山の小路に、巣立ったばかりの岩ツバメのヒナがいた。日暮れも近く、孫娘と車で走っていた私は、その姿が小さいので危うく轢くところだった。

ふたりで親鳥の来るのを待ったが現れない。連れて帰らなければ朝まで生き延びることはないだろう。夜の森は危険が一杯だ。生きものの殆どは食べられて死ぬ。

親が見て居るはずだから落ちた小鳥には構ってはいけない、とも言う。でも私はやはり、子どもたちがこのような場面に出会ったら、周りの状況や親鳥のことなどをよく考えた上で、連れ帰るかどうか、「見捨てたくない心」の持ち主に育って欲しいと思う。

他の命が消え去るかも知れないのに、自動的に通り過ぎるようにとだけ教えるのでは、困っている人が居ても、同じく通り過ぎる心を育てることにならないだろうか。

とにかく連れて帰り、スポイトで牛乳を飲ませ暖かい寝床を造り布で覆い暗くして休ませた。今夜を生き延びてくれたら何とかなるかも知れない。最初の夜を生き抜けるかどうかが山場なのだ。明くる朝、被いを取ってみたら嬉しいことに生きていた。

しかしそれからの餌さやりが大変だ。花でも樹でもそして人間とでも、命に係わりあったら大きな責任が生じることだと、いつもながら思ってしまう。

昨日は気がつかなかったけれど、寄生の虫が何匹もヒナの羽毛の中に潜っていて、血を吸っていた。飛べなくなった原因はこの虫だったのかも知れない。

虫を追い出して身体を綺麗に拭いてあげたが、岩つばめは人懐っこい鳥なのか手の中で大人しい。大人しいと愛しさが増してくる。

餌さを採ってこなければならないのだが、岩ツバメは初めてだし、それに日頃はうるさく思ったりする虫なのに、捜すとなると意外に居なかった。

泣きたくなる思いで孫と一緒に捜してまわり、何とか虫を運び食べさせていたら、孫が「虫も小鳥さんと同じ命じゃあないの?」と言いだした。私はこの孫に、命の一つひとつと人間の命も同じ命だと、ことある毎に教えていたからだ。孫のこの質問は、命とは何か、という質問と同じである。私は掟に従うのみで抽象的な説明しかできない。

私は「そう、沢山の命があなたのために死んで下さったお陰であなたが在るんです。だから死んで下さった命に代わって命を大切に生きてね。食べるご飯も同じ命、食べる時には有り難うと、ご免なさいの気持ちを忘れないで」、と言ったけど、これがまともな答えになっていないのは分かっている。しかし少なくとも他の命に謙虚な生き方を選んで生きていって欲しい。

餌には蜂蜜も良いようだ。だんだんと元気がついて部屋の中を少し飛び始めたのを見て、落ちていたところに何度か連れて行って見たが、親鳥らしい姿はなかった。

数日ほどして、かなり飛べるようになったので、岩つばめたちが飛び回っている高原に連れて行って離してあげたけど、数メートルしか飛ばないで地面に降りてしまう。

何ども試みた後、もう帰ろうかと孫と顔を見合わせながら、私はもう一度離してみた。ヒナは相変わらず、ヨタヨタと飛び始めたが高度はどんどん下がっていく。もう地面に着くと思ったら、突然、上空に群れて飛びまわっていた岩つばめの一羽が急降下してきて、ヒナの直ぐ上を撫でるように通過していったのだ。

そうしたら驚いたことに、ヨタヨタと落ちかけていたヒナが一転して、何と成鳥の後について一緒にピューっと急上昇し、あっという間に空高く舞い上がって行ったのだ。それから上空を二〜三度旋回し、連れ立って遠くに消えていった。

私は、命の神秘を見た思いで涙をこぼしたら孫もわ〜っと泣いたので、神秘の瞬間を共にできたと嬉しくなって聞いてみたら、折角育てたヒナが居なくなったのが悲しい、とのことだった。居なくなったのを悲しむ方が幼い子には素直な心に違いない。

この孫が生まれて以来、育児に困難な親に代わって随分多くの時間を費やし合ってきた。野山に遊んだ写真が最も多い。動物園の写真だけでも数一〇回分はある。ピントの呆けた写真の一枚、捨てるに逡巡する。私には整理もつかないまま、後に残して逝くほかない。

岩ツバメのヒナちゃんが孫を介して又ひとつ、私に素敵なひと時を贈ってくれたのだった。私と一緒に出会った多くの小さな命たちとの係わり合いは、孫娘の心の深いところに刷り込まれているに違いない。

その心に命の連帯の種が宿り、いつの日か、心に優しい花を咲かせて、周りの憎しみや意地悪な心を和ませてくれるだろう。

シジューカラの雛

隣のお百姓さんにもらったやや大きめの醤油用の土瓶に、毎年きまってシジューカラが巣をつくる。もう何代目になるだろう。

この土瓶には西陽が燦々と当たる。ヒナはさぞ暑かろうと思うのだが、何しろそのままの状態を好んで入るので、動かせない。

子育てが始まると、近くに居る私を警戒しながら餌さを運んでいるが、ヒナが大きくなってくると、運ぶ餌さの量も多くなり、人間への警戒心よりも餌さを与える方が優先するらしく、私が庭仕事で近くに居ても巣穴に飛び込むようになる。私の存在に馴れたということも確かにあるが、餌さを与えたい親の心だろう。

巣立ちの瞬間に出会うのは中々難しい。それでも毎日観ているから、いつ頃巣立つのかは親の様子で分かる。親が餌さをくわえているけど巣穴の中には入らずに、羽根を震わせてヒナをしきりに外に誘いはじめるからだ。

そして、巣立ったのが分かったら、いつものことながら私はヒナに会いたくて堪らなくなる。周りの雰囲気でヒナが何処にいるかは見当がつく。巣立ったヒナを親が放棄することはまずないが、ヒナに近づくには細心の配慮が必要だ。

親がヒナに餌さを与えて飛び去った直後に、私はヒナにそっと近づいていく。親が心配しないように、直ぐに帰ってこないように、ヒナ怖がらないように、と勝手なことを思いながら近寄っていく。ヒナが怖がって逃げてくれたらそれでいい。

怖さの洗礼をうけていないヒナがそこに居た……。指をそっと差し出したらとまってくれた。何も知らないヒナと、勝手に感動する私との間に不思議な時間が過ぎていく。

親が帰ってきて近くの樹にとまった。人間に置き換えたら幼子が猛獣と遊んでいる風景に見えるだろうか。親の一声に、ヒナは心もとない飛び方で親の方に飛んでいった。

私は親子を下から眺めていたが、私を見慣れているからだろうか、飛び去るようすもなく続けて親が餌を運んでヒナに与えていたので、私も安心して家に入った。

私は嬉しくなって、向かいの森に住むこれも小鳥の好きな人に、巣立ったヒナが私の指にとまってくれた話をしたら、「あんたへのお礼のつもりだったのだろう」と私好みの返事が返ってきたので、またその人への親しみが増した。

この夫妻の家は森の中にあり、私の家よりも樹が多いので小鳥が沢山いる。その上に、可愛らしいリスちゃんまでが胡桃をもらって数匹すみ付いているのだ。私は子どもの頃からリスが大好きだったので、もう羨ましくて仕方がない。

村のツバメちゃん

妻と車で村を走っていたら、炎天下の路上に小さな黒い塊りが見えた。ツバメのヒナが二羽、路上にうずくまっている。

一羽はすでに息絶え、もう一羽は生きてはいたが眼を閉じてぐったりとしていた。親ツバメの姿は見当たらない。この熱い路上では直ぐに死んでしまうので、家に連れて帰った。死んだ一羽は妻が差し出す野草に包んで花を添え、いつものように庭の「鳥塚」に埋葬してあげた。

もう一羽も動かない。とにかく世話をしなければならない。高原での岩ツバメさんの時の経験から蜂蜜を飲ませてみたら、それが良かった。応急の処置として、蜂蜜はとても良い方法のようだ。

数日したら元気になったので、止まらせた指を上げ下げして、羽ばたきの練習をさせた。かなり飛べるようになったところで、或いは親に会えるかも知れないと、落ちていた元の場所に連れて行ったけど、中々飛ぼうとしない。

何とか宥め励ましながら飛ぶ訓練をさせていたら、やっとその気になってヨタヨタと電線まで上がって止まり、しきりに毛づくろいをし始めた。蜂蜜がついて毛羽立っているのが気になるのだろう。

そこへツバメの一群がやってきた。子ツバメは親を求めてかピーピー鳴いている。と、高原の時と同じように、一羽のツバメが上空から降下してきて、子ツバメの上をかすめるように飛びすぎた。

するとやはり、今までヨタヨタとしか飛べなかった子ツバメが、その成鳥のツバメの後について飛び、一緒になって見るみる空高く舞い上がって行ったのだ。

飛び出す一瞬に親鳥の飛び方をそっくり真似て飛ぶことが、小鳥たちの巣立ちの時に与えられている本能なのだろう。命が継続するための神秘である。

明くる日に見に行ったら、電線にいる沢山のツバメに混じって、その雛ツバメも居た。頭の毛に蜂蜜がついているらしく、今風の若者の頭のように毛羽立っていて、ツバメの姿としては何とも滑稽なので、その子と判るのだった。

秋、稲の収穫が終わるころ、ツバメさんたちは揃って南の国へ飛んで行った。あの子は生きていて、来年帰ってくるだろうか。それからは、私は毎年妻と、電線にとまっているツバメの中に、あの子が居たら嬉しいな、と思いながら見上げるようになった。

今年はどうしたのか、ツバメたちの数がいつもの年に比べて極端に少ない。「沈黙の春」が近いのだろうか。

ヒヨドリさんの餌さねだり

小鳥たちが餌さの少なくなった冬を生き延びるのはとても厳しい。それに冬は、逃げ込む森の樹には葉がないので、肉食の鳥からは丸見えになる。

鷹が小鳥を追いかけるのを私は見た。枝の込んでいる林の中を小鳥が必死に逃げる。しかし鷹はまるで樹の枝が無いかのように速度を落とすこともなく追いかけて、小鳥の羽がぱっと散ったら終わりだった。後には異様な静けさが戻った。

私は、庭にくる小鳥の可愛らしい姿を見ていると、食べる命と食べられる命のことが心を過ぎる。小さな命ほど数が多くなり、食べられるために生まれてくるように思える。

雪の積もった庭にヒヨドリがきて餌さを捜していた。私が遠くから輪切りにしたミカンを、雪の上に投げてあげたら美味しそうに食べてくれた。

それから毎日、ミカンをあげるようにしたら、待ち構えていて飛んでくる。私のすぐ傍に投げても飛んでくる。仲良くなれたようで嬉しい。

ある朝、二階に寝ていると外が騒がしいのでブラインドを上げたら、私の顔を覗き込むように、ヒヨドリが窓辺を行ったり来たりしている。

まさか、私に餌さをねだりに来たのではないとは思ったが、気になって階下に降りて行ったらそこの窓にもきた。又二階に戻ったら、やはり二階の窓辺に上がってきた。

信じられない気持ちだが、私の顔と居場所を知っていてミカンをねだっているとしか考えられない。ミカンをあげたら美味しそうに食べてから飛んでいった。

野生の鳥が私の顔を識別できるのだろうか。私が子どもの頃に小鳥のヒナを拾って育てた場合は私を識別していたようだが、それは私を親と思い込む「刷り込み」のせいだろう。

理由はどうでもいい。とにかく私は、野生の小鳥に「好かれている状態」が嬉しくてたまらない。野生の生きものは、そんな簡単には懐かないものだ。だから懐いてくれたときの嬉しさは言いようがない。

昔と比べると、今の小鳥たちは人間への警戒心が薄れてしまったように思える。戦争中の小鳥たちは人間に食べられるので警戒心が強かったのだ。

小鳥たちが警戒心を薄れさせたのは、人間が餌さを与えるから当たり前だ、と簡単に言う人もいるが、それなら人間も大差ないではないか。

ヒヨドリさんの餌さねだりの経験はその時かぎりだったので、偶然の出来ごとだったのかどうか、私には分からない。

生きものたちとお話ができたらどんなにか素敵なことだろう、といつも思っている私に、このヒヨドリさんは、ひと時の極楽浄土を与えてくれたのだった。

第八章　樹を植える

樹のこころを想う

荒地の草に露を結び、露が空に昇って雲になり雨が降って樹が育つ。花が咲き蝶が舞い虫や鳥が啼いて獣が住み、清水が流れて、砂漠も森の楽園になっていく。生きものたちは援けあい協力しあって、命豊かな森の姿をとり戻そうとするかのようだ。

移り住んだ土地は、美しい山々に囲まれた最高の環境だったけれど、敷地はブッシュに切り株に竹やぶだ。森になるのを待っていたら、私たちには間に合わない。

多くの樹を植えよう。終の棲家の庭を私たちが逝く前に、小鳥さんや小さな生きものたちの楽園にしたいと、妻に話したら喜んでくれた。

しかし、私には樹を植えた経験がない。私は長年、地球環境の危機を説いてきたくらいだから、熱帯雨林などに関する色々な机の上での知識はあった。

けれどもそれは主に、空から地球を見ての危機感を基にした感覚であり知識だったので、地上で一本の樹を目の前にして、私の知識は役に立たなかった。

結局は植木屋さんに頼んで、人間の庭園ではなく生きものの楽園の雑木林にしようと、小鳥さん好みの樹を考えて選び、植木屋さんに運んでもらった。

穴掘りや水運びなどを手伝い、樹に触れていると、樹が改めて一つの命に見えてくる。雑木林造りは私にとって、樹という動けない命との新しい出会いの場になった。

嘘をついたことが一回もないような植木屋さんに樹のことを教えてもらい、樹とともに親しくなっていくのも嬉しかった。この植木屋さんは、樹や命への想いを話し出すと止まらなくなる。代金も遠慮がちで、私はいつも恐縮してしまう。

植えるのを手伝っていると色々気になり始めた。樹の根は切られ根っこをぐるぐる巻きにされて運ばれてくる。そして植えられた樹はこの小さな丸い土を命綱とし、細い根が急いで伸びるまで生きていかなければならない。

この土団子の大きさは、運び易さと費用を最少にし、樹が生き延びるよう人間が考えたぎりぎりの大きさということも初めて知った。樹には誠に酷なことだ。

移住前に妻が育てていた植木鉢の木は妻の希望で運び、鉢から出して新しい庭に植えた。その木は、植木鉢から出すまでは高さも低く一メートルくらいだったのに、庭の土に解放されると伸び伸びと根を張り、普通の大きさの樹に成長してしまったのだ。鉢の中で何年も苦しい思いをして過ごしてきたのだろう。妻は自分の無知のために、樹に可哀想なことを強いた、と後悔することになった。

私も、植木屋さんを手伝って自ら樹を植えてみれば情も移り、心配になって朝食の前に見回るようになる。動けず何も言わない樹の心を少しでも理解したいと思う。

私が生きものの心の話をすると、「擬人化」だと人は言う。しかし、生きものたちは周りの環境からの情報に合わせて、細胞を化学反応させながら数一〇億年を生き抜いてきた。人間とは反応の表れ方が違って見えるだけだ。生きるための化学反応を私たちは心と言うのではないのか。私は自分の脳の反応を、そのように観ている。

樹を心あるものと見ないで、植木屋さんに任せて樹を植えてお金を払って終わりでは、樹との「命」の関係も深くはならない。お金を介しての人間の絆も同じかも知れない。

庭に降りて、思わず蜘蛛の巣を払いのけながら、樹と樹の間を通って行く。蜘蛛が糸を架けるのにどれくらいの苦労があったのだろう。

植えた樹の状態が分からないので、他の樹と比べることで健康の違いを覚えていった。比べて見るようになると樹々への私の接し方も違ってくる。野山を歩く時にも樹という「命」を観るのが楽しみになった。

ところが庭に植えた樹々が全体として元気がない。それには色々な理由があるだろう。整地した時に埴生を削ってしまったので、土の栄養分は少ない筈だ。切り株なども埋められている。切り株は腐敗の段階で、メタンガスだかを出して根を窒息させるらしい。

何よりも好くないのは、植えられた場所が、樹自身が生えたい所ではないということだ。そのことが元気のない主な原因ではないかと私は思っている。

野山で自然に大きくなった樹は、周りと調和して育ち生きいきとしている。根や枝を切り取られて、人間の好みの場所に植えられたらどうなるのか。樹が生き延びるためには、切られた根の修復に相当量のエネルギーを費やさなくてはならず、そうなると樹が蓄えていたエネルギーを樹全体に配分できなくなる。

樹の命について何も知らなかった私は、植え替えた樹にもすぐに花が咲き、小鳥たちに実を与えてくれると単純に思っていたのだ。少なくとも植え替えて三年くらい経たないと、根にエネルギーを使ってしまった樹には、花が咲いてくれないのも初めて知った。

樹が弱ると、天敵に取り付かれやすいのも分かった。樹は生き残るのに精一杯だから、天敵への抵抗力にまわすエネルギーがない。樹に余力が付くまでは天敵から守ってあげないと可哀想だ。その天敵は、生えた場所を勝手に移し替えたりする人間の私なのだろう。命への複雑な想いがする。命は魂ではなく、エネルギーの収支で生きているのだった。

観ているとほかの樹々も気になる。街路で目に付くのは、冬を前にして胴切りにされた樹の姿である。その上に歩道で根元は踏み固められ、死なないのが不思議な姿だ。

それでも春になると、切られた太幹の瘤状の部分から、何本もの細い枝が空に向かって伸び始めるので、ホッとする。生き残るために必死に出したこの枝のことを徒長枝と呼ぶそうだ。辞書で引いたら、無駄に伸びる枝、とあった。樹は無駄なエネルギーを使ってまで枝を出す筈がない。そう思ったら枝を剪定するのに抵抗を感じるようになった。

街路樹を続けて見ていると、その細い枝に葉が付き始めるが、枝が少ないために葉の量が少な過ぎる。あれっぽちの葉の量でどうやって生きていくのか、痛々しい。

それなのに、夏も過ぎる頃には緑が茂っている。瀕死の状態に違いないのに、何という生命力の強さだろう。緑の生命力を見ていると、どんなに環境が破壊されても、一千万年も経てば又、水と緑と命豊かな地球に戻るのではないかと、少しだけ安心する。

妻も私も渓谷に遊ぶのが大好きである。近くには多くの渓谷があり、かなりな頻度で出かけて行く。渓谷から見上げる空は細くて狭い。両岸から立ち上がった樹が、狭い空の光を求めて渓流の方に傾いて立っている。中にはふた抱えもあるような大木がある。

今までは、大きな樹が傾いて立っているのを不思議にも思わなかったけれど、樹の根のことを考えるようになって、あらためて大木の傾きを見て驚いた。あんなに重くて背の高い樹を、真っ直ぐに支えるだけでも大変なのに、その樹が傾いているのだ。私は樹の根の身になって、樹を支えている私を想像したら息苦しくなってしまった。

庭に鳥さんたちに来てもらいたくて若木に巣箱をいくつも架けた。巣箱を樹に固定するのにビニールの紐を使った。ビニールなら柔らかく樹も痛くないと思ったからだ。

樹は年々大きくなるけど日々の変化は微々たるものだ。子どもの背が大きくなったのに親が気が付かないのと同じように、樹の幹の成長まではなかなか関心が行き難い。それに、小鳥が入ってくれない巣箱への関心は疎かになる。

二年も経ってみて驚いた。ビニールの紐が樹を締め上げていたのだ。物言えない樹は、ビニール紐を取り除けないまま、上から覆い被さるように幹を太らせて、紐を飲み込もうとしていた。可哀想なことをした。ビニールは腐らないのだった。

私は樹から「先のことが見えないのか。お前には命に係わる資格はない」、と無言の非難を受けているような気がした。

私は生まれて八〇年近く、人間をふくめて多くの命に係わってきたけど、失敗だらけだった。相手に喜んでもらいたいと願ってきたが、上手くいかないことが多かった。今は又、庭の林造りで樹を苦しめている。

これ以上命に係わるのはもう沢山、という気がしないでもない。

カエデと天敵

山を歩いていているとブナやミズナラの下や、特に渓流の岸辺の背の高い樹々の下に、木漏れ陽を求めて下枝も付けず、細くひたすら上に向かって伸びているカエデの楚々とした姿に愛しさを感じる。妻も私もカエデが大好きだ。

庭に樹を植えるのに、小鳥たちばかりでなく私たちのためにもと、秋の庭の紅葉の姿を想像しながら、何本かのカエデを運んでもらった。しかしカエデが好む場所は渓流のそばや大きな樹の陰の、霧のでるようなあまり陽が強く当たらない所だったのだ。

移り住んだ家の庭は、まだ樹が殆ど植わっていないので陽当たりが良かった。それでもカエデは生きて、春には赤味がかった枝から可愛く芽吹き、秋になると色とりどりの紅葉で終の棲家を美しく飾って、私たちの心を和ませてくれていた。

けれど月日が経つ内にカエデの元気がなくなってきた。場所の条件が少々良くなくても、樹は二〜三年も経つと元気になってくる筈なのに枝が枯れてしまったりする。

私は心配になり、水をやったり根元に肥料を播いたりするけれど、元気を取り戻してくれない。時折、白い点々模様のカミキリがいたり、樹の周りには黄色い粉も吹いていたが、私はカエデと虫たちとの共存の形なのだろうと、微笑ましく見ていたのだ。そのうちに、根元からぐらぐらとし始め、いくら世話をしても立ち直らず、突然倒れてしまう。

よく見ると根元に大きな穴があいている。驚いて、他のカエデの根元を払ってみると、やはり穴があいている。私は陽当たりが強すぎないように、藁で根元を覆っていたのだ。植木屋さんからは、樹の根元をよく見るようにと言われてはいた。しかし、根元の何を見て何が異変なのかを知らないのだから無知蒙昧、どうしようもない。カエデの天敵は、カミキリ虫だったのだ。可哀想なことをした。

以来、残ったカエデの「介護」をしているが上手くいかず、一本また一本と弱っていく。堪りかねて殺虫剤を使ってみた。防御服を着てマスクをし、眼がねをかけて汗びっしょりになり、殺虫剤を吸って頭が痛くなった。原発で放射線を浴びながら働いている人たちが、如何に辛く危険な仕事をしているのかを、わずかに垣間見た気持ちがした。

昔に読んだ『沈黙の春』という、恐ろしい本の内容を想い出す。今後どうしたものか。カエデを眺めることが心の痛みになってしまった。

自然の法則から外れたことをすれば、余計な労力と時間とお金を費やした上に、他の命までを殺めてしまう。自然の掟から見れば当然の結末だった。

好きな樹を移動し人間の都合のいい所に植え、水をやれば後は自然に育ってくれる……。何とまあ浅墓な自然観だったのだろう。

竹の根

庭に孟宗竹の根が残っていて、年々竹の子が顔をだし始めた。凄い繁殖力である。人間の私にとっては何とも都合が悪い。

自分の都合に合わせて言うのは気が引けるけど、生きものの多様性からは、竹ばかりが蔓延ると、他の樹の種類が少なくなるのでよくないことではある。

竹にも「天敵」がいて蔓延る量を調整してくれる筈だが、この場合の天敵は人間の私だろう。しかしその役目は面白くない。凄い繁殖力を持つ竹は、再生可能な燃料エネルギーにはならないものか。

竹の天敵として私は、ツルハシを使って根を掘り出しはじめたのだが、簡単ではない。掘るのにそれ程の力はいらないが、根っ子を引っぱり出すのに大変な力を要し、一〇分毎には汗を拭き腰を伸ばさなければならなかった。

数日苦闘してみたが、喜寿を超えた体には如何にも無謀に思われて、ひと様にお願いすることにした。

今は石油の時代だ。私には初めて見る可愛らしいブルトーザーがやってきた。見ていると、竹の根を掘るブルトーザーの刃先を自分の指先を動かすように操っている。神経系統の魔術をみる思いだった。職人の技術は、凡て修練の賜物である。

仕事を引き受けてくれたのはとても仲のいい年寄り夫婦だった、と言っても私より若い。私は微笑ましい夫婦を見ているのが大好きな歳頃になっていた。

それにしても石油の力は物凄い。竹の根はブルトーザーによって見るみる引き出されてくる。不思議に思ったのは、竹の根の姿を地上で露わに見て、何か不気味な気持ちにさせられたことだ。生きものとして敵対関係にあるのだろうか。異形のものである。

小さなブルトーザーでも力があるのだから、高度成長期に言われた「日本列島改造論」も、大型ブルトーザーがあれば可能な発想なことを実感させられた。

しかし、土木工事をするにしても、必要な石油はいずれ無くなる。電気エネルギーでの大規模な土木工事は無理だろうから、石油の量が欲望の成長を制限するだろう。

高度成長期に、「日本に土地が足りないなら山を削って海を埋め立てればいい。若いひとはそれくらい雄大な構想を持たなければ駄目だ」と言った経営者の話を思い出した。日本の山を削ってしまう……。緑みずみずしかった日本の変わり果てた姿が目に浮かぶ。人間の知恵は、他の命全体のためのものではないのだろうか。よく思うのだが、命の優しさの伴わない知性は、勝れているほど凶器になる。

妻と里村に移り住んで、残り少なくなった日々に想うことは、やはり、ひとの幸せは、水とみどり、命ゆたかな循環の中にある、ということだった。

おわりに ―― 子育ての困難さに想う（子どもたちへの詫びを含めて）

こんな話を聞いた。鶏にアヒルの子を育てさせると、アヒルの子が水に飛び込むのを見て理解できず、鶏は心配の余り全身の毛が抜け落ちる、というのだ。子を思う感情は本能だから、親の心配は鶏も人間も同じなのだろう。

親の心や言うことを理解しながら育つのが、子どもには如何に難しく、大変なことか。また親になることが、如何に厳しい修練と忍耐と夜中の涙を必要とするか。

親の心が子に簡単に届くなら、千年万年子どもに愛を注いできた人類は、優しく幸せになっている。失意の内に、子に希望を託して逝った、数知れない親の心を想う。

今は核家族志向。若者は子育ての素人のまま子どもと出会い、手探りで苦労に向き合う。人類が繁栄したのは、特に祖母が一緒に居たのが寄与したからではなかったのか。

親は悩み、精一杯の愛情を与えているつもりの共稼ぎの「暖かい家庭」の中で、親の心に触れる時間も少なく、子どもは寂しく生きているかも知れないのだ。子どもは例え嫌な親でも、逃げ出せば親より更に圧倒的な社会の圧力が待っている。

私は色々な親子を見て、子どもが優しく育たないのは親の愛が足りないからだと単純に思っていた。育て方の上手下手はどうであれ、与え続ければ心は届くと信じていた。だが、私が子どもたちに与えたのは、幸せへの祈りが強いほど、心の届かないことへの苛立ちの強さだったのかも知れない。

「ほかの命を思い遣る心」。これが親として、勉強よりも何よりも、子どもたちへの望みだった。人は生物循環という命の絆の恩恵で生きているのだから……。抽象は解からなくても三つ子の魂を信じて、幼子に厳しく相対したのだ。優しさの種は心の奥深くに秘められている筈だ。数しれない親たちと同様に、私も希望を託して旅に出る。

諦めなければ夫婦には歳月の余裕がある。しかし子どもはあっと言う間に巣立って行く。七〇歳も過ぎてから、妻と私はやっと子どもたちの望むような親の姿に近くなってきた。ご免なさい子どもたち。若い時の親の心は、子育てには幼すぎた。

私が青年になったとき、親が与えた心と自分の心との寸法が合わなくなり、私は自分の心の環境に合うように回心する必要があった。心理説の言う「二回生まれ」なのだろう。子どもたちも心の寸法を創り直し、たった一回の命を大切に、他の命を思いやり、喜ばせながら生きて欲しい。私たち親はもう長くはこの世に居ない。

妻は私の傍にいるのが一番幸せ、と言うまでになった。私の謂わば心の旅路をこの本に書いた。一字一句、読んで頂けたらとても嬉しい。

私が選んだ家族の写真

一緒になる前、私に強いられて
スチュワデスになった妻

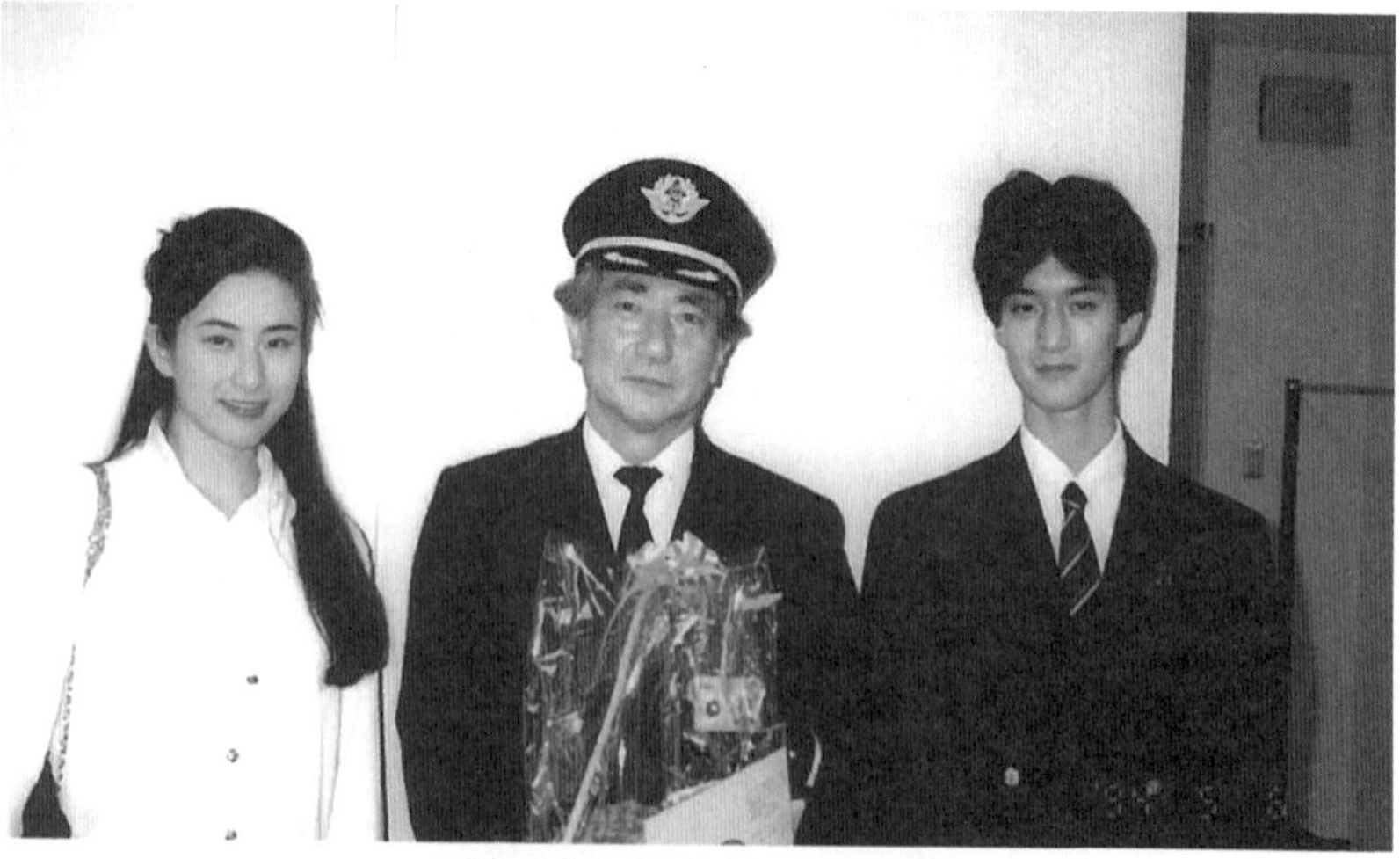

ラストフライト後、子どもたちと　写真:KBCTV

旅立ちに向けて、足の鍛錬

深雪を滑ったら、スキーは止められない

若い頃の妻

運動選手を嫌った父

百歳近い母の世話をする妹

妻・矩子が選んだ家族の写真

氷のぼりは楽しい　写真:サンデー毎日

カナダのスペシャルオリンピックにて

母と息子、信州にて

聖火運び、カナダのスペシャルオリンピックにて

妻とむすめ、桜のころ

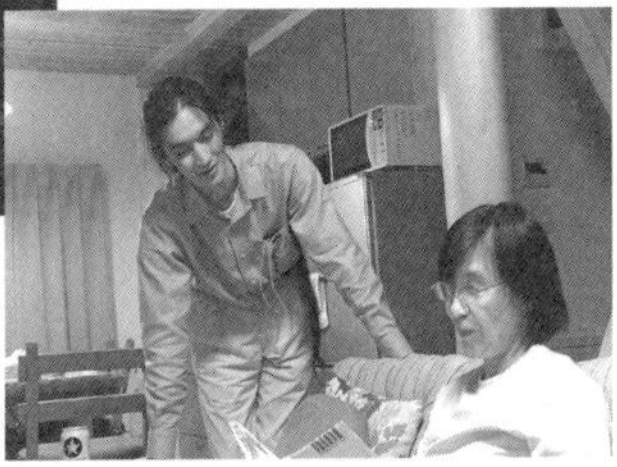

息子に会えて、嬉しい妻

南アルプスに山村留学をした孫娘と

【著者紹介】

岡留恒健（おかどめ　こうけん）

1934年、福岡県福岡市に生まれる。

1956年～1957年、テニスのデビスカップ日本代表。

慶應義塾大学卒業後、日本航空入社、自ら操縦士に職種を変更する。

約30年間、日本航空を通じてユニセフ普及活動に従事。

1986年、エベレスト登山。

現在、山梨県北杜市に住む。

著書に『機長の空からの便り――山と地球環境へのメッセージ』（山と溪谷社、1993年）がある。

永い旅立ちへの日々

発行　：2012年11月3日初版第1刷
定価　：2000円＋税
著者　：岡留恒健
装幀・装画：上浦智宏（ubusuna）
発行所　：現代企画室
東京都渋谷区桜丘町 15-8-204
Tel. 03-3461-5082 Fax 03-3461-5083
e-mail: gendai@jca.apc.org
http://www.jca.apc.org/gendai/
印刷・製本：株式会社ハマプロ

ISBN978-4-7738-1216-9 C0095 Y2000E

現代企画室の本

開戦前夜の「グッバイ・ジャパン」
あなたはスパイだったのですか？

伊藤三郎著　二二〇〇円

日米開戦をめぐり情勢が緊迫し、諜報機関が暗躍した一九四〇年代初頭の東京。混沌のさなかから歴史的スクープを連発した駆け出しの米国人記者、ジョセフ・ニューマンの謎に迫る。

娘と話す地球環境問題ってなに？
池内　了著　一二〇〇円

地球環境問題ってなに？　どうして環境が汚染されるの？「問題」なのはわかっても、どうすればいいのかわからない。誰もが抱く疑問に身の回りの実践をとおして答える。

娘と話す原発ってなに？
池内　了著　一二〇〇円

原子核からエネルギーを取りだす仕組み、放射能とはなにか。原子力発電が抱える問題点から脱原発への道まで、物理学者の視点からわかりやすく解説。これからを生きる世代におくる一冊。

3・11後の放射能「安全」報道を読み解く
社会情報リテラシー実践講座

影浦　峡著　一〇〇〇円

放射能汚染の危険に、私たち市民はいかに向きあうのか。情報を見わけ自分自身で判断するためのヒントを、気鋭の情報論研究者が実際の報道の詳細な分析を通じて解きあかす。

被災地・都市・地元の子どもたちがともに学んだ
越後妻有の林間学校
越後妻有里山協働機構編　八〇〇円

「大地の芸術祭」の舞台として知られる越後妻有の里山に、被災地・福島の子どもたちがやってきた。地域と地域がつながり、ともに遊び、学ぶことで、新しい明日を見出す場を創る試み。